U0058833

我想告訴你

天空數位圖書出版

目錄

夢想中的毛絨絨朋友

　　我想，每個小孩都或多或少想像過，如果自己有一隻狗，會是甚麼樣的光景吧？畢竟，從小時候開始，我們就不停地在電視上看見人狗組成的幸福圖像——聰明溫柔地照顧嬰兒的拉不拉多，充滿活力在草地上奔跑、追逐飛盤的邊境牧羊犬，還有一起在田埂上奔馳的勁瘦的土狗。不管景況如何變化，真理永遠都只有那一條：狗是人類最好的朋友，而且能帶領你的童年航向夢幻之島。

　　我當然想要一隻狗，因為我從小就無法抵抗毛絨絨動物的魅力，可惜這只是痴人說夢，我並沒有那種福氣。在姊姊被醫生宣判擁有過敏體質之後，從懷著我的時刻，母親就下定了決心，大肆改裝我們的住家，傾力打造零過敏的舒適圈，將我隔離在內，直到度過好發過敏的童年期間。具體措施包含以羊奶粉取代普通奶粉，堅決不買任何抱枕與娃娃，將親朋好友的玩偶直接放進儲藏室的壁櫥。總之，一切有毛的事物皆帶原罪，而一隻會活蹦亂跳，到處掉毛的狗，從一開始就不可能被允許進入這失落的樂園。

　　然而，就跟反抗命運失敗的無數英雄們一樣，這場反抗基因的戰役，終於在我七歲那年，被再度宣判過敏後劃下休止符。母親不情願地承認她無力回天，卻仍然不願意把那些壁櫥裡的

寶物還給我，因為她堅持「那些毛只會讓妳的過敏更嚴重」。而狗也要等上好幾年，等到我不再動不動就把鼻子擤破。

這份對柔軟事物的匱乏，卻只讓我對毛絨絨的東西更加執著，既然無法擁抱柔軟的泰迪熊或狗，我只能飢不擇食地轉向圖片與書籍，靠著那些照片，在想像世界裡馴養一隻隱形的毛絨絨朋友。有很長一段時間，我最喜歡的書是《世界犬類圖鑑》，那是一本紅色的精裝厚殼書，介紹世界各地的獨特犬種，除了全彩的美麗照片，還有詳盡的介紹，從中英文名稱、生理資料、個性到用途無所不包。出於對毛皮的執念，我評斷狗狗美醜的標準很簡單：毛絨絨的狗就是美的，沒有毛的狗就是醜的。因此，我總是跳過中國冠毛狗、沙皮狗跟巴哥犬的頁面，而花最長的時間在邊境牧羊犬、狐狸狗跟喜樂蒂牧羊犬身上停留。

我尤其喜歡喜樂蒂牧羊犬。這種有著蓬鬆而多彩毛皮的中型狗，有一張像狐狸的臉，看起來高貴又優雅，個性也聰明又溫柔。如果我能夠有一隻喜樂蒂，就能每天抱在懷裡，把臉埋進牠背上的毛，獲得牠溫順的陪伴與親愛。那就是我對狗的最初想像——如果有一天，我能有一隻狗，牠一定要是這樣的狗：聰明、溫順、活潑，並且非常毛絨絨。

※ ※

然而，進入我生命的第一隻狗，與名貴血統沾不上邊，只是普通的小土狗。在我七歲的時候，獨居鄉下的祖母終於捨去了傳統的三合院，搬入新建的三層樓透天。為了給老人家作伴，也為了守護新家，表哥抱了一隻黑色的小土狗回老家，全權交由祖母負責。牠的名字叫做小黑，就像這帶著鄉下人一貫的隨和的名字一樣，牠的存在也模模糊糊、隨隨和和的，每個人都覺得牠在那兒理所該當，卻少有人真的停下腳步注視牠。

每個禮拜跟父母回老家的時候，總會看見小黑被綁在院子裡，窩在舊衣服堆上。只有我會蹲在小黑前面看牠，可我也不敢摸牠，深怕被牠尖利的牙齒咬傷——牠雖然才幾個月大，但已經具有破壞性的力量，在看見人的時候，牠總喜歡搖著尾巴站起來，試著在牽繩的允許範圍內撲向對方，因為沒有人教過牠社交禮儀，所以牠並不知道這樣會讓大家更害怕。牠的牙齒也不可小覷，牠最喜歡的「零食」，是牠能找到的一切雜物，以及祖母吃剩丟給牠的骨頭，無論是甚麼，牠都能像碎紙機一樣咔嚓咔嚓地吞嚥下肚。牠的精力很旺盛，但沒有玩伴也沒有散步可以消耗，牠只能日復一日地趴在那裡，等著祖母偶爾想起牠來，解開牠的牽繩，放牠自己出門流浪。

牠不能也不會變成我的狗，不僅因為牠並不毛絨絨，因為牠難以接近，也因為牠的生活，這種種一切都跟我期望的關係大相逕庭。也許牠是生得太早了，沒有趕上現代寵愛狗狗的潮流，或者那單純就是鄉下老一輩對待寵物的方式——或許問題就出在這裡，在他們眼裡，狗並不是拿來嬌養的寵物，而是用來看門的家畜。如果讓現代的愛狗人士聽說小黑的生活，那應該會是令人髮指的折磨——牠吃飼料、剩飯或骨頭，從沒聽說過零食、潔牙骨與營養品；牠一天也不曾去過寵物美容，只在祖母或父親想起來的時候，才開水龍頭用水管噴牠，讓牠自己在院子裡甩乾；牠沒有自己的狗屋或軟墊，有的只是地板與舊衣服；牠一生沒有進過家門，永遠在家門外的院子裏，看著人來來去去，等待著被發現，或是被愛。

然而沒有愛。至少不是那種令人心口甜膩的疼愛。漸漸地，我不再注視牠，跟其他人一樣，遠遠地繞過牠，躲到祖母家裡。我沒有辦法注視牠，因為牠的樣子總是那麼哀憐。牠唯一勝過寵物狗的一項特權是流浪的自由，祖母從來不管牠去哪裡，甚麼時候回來，在蹓躂的時間裡，牠是快樂地自由著的。然而有一天，牠再也沒有回來——牠被急轉彎的車迎面撞上，就在離家不遠的那個巷口。

　　得知這個消息後，我並不感到非常難過，甚至為此鬆了一口氣，至少，現在小黑不再過著那種被忽視的生活了。我想，如果以後我有一隻狗，一定要很疼愛牠，把牠擺在心裡，給牠所有我覺得好的東西，讓牠跟我一起開心。

　　那年我九歲，決定了如果我有一隻狗，牠不只要毛絨絨，還要是我的朋友——我們會愛著彼此，用溫暖填補寂寞。

奇蹟降臨

「我們真的要養狗了嗎？」同樣的問題我已經問了第十五遍，可這實在太超現實了，我都還沒見過櫥櫃裡的泰迪熊，轉眼之間卻要得到一隻活生生的狗了。

「當然！希望牠能幫助妳長大獨立，陪妳在房間自己睡。」母親告訴我牠來此的目的，而我當然立刻保證我會獨立自主，不再害怕躲在床腳下的隱形黑暗怪物，即日搬進自己的房間，度過每一個黑夜。但我就跟其他任何孩子一樣，有著自己的彆扭心機──總之先答應了再說，就算最後失敗，狗也會定居在我們家，沒得反悔了。

「所以我們要養哪一種狗？」我興奮地問，腦中已經浮現了喜樂蒂在草地上蹦跳的樣子。然而父親卻說：「表姊家的紅貴賓生了第二輪，他們說我們可以抱一隻回來。」

噢，是紅貴賓。雖然紅貴賓從來不在我的志願清單裡，不過這種紅通通毛絨絨的小狗很可愛，也不用擔心被嚴重咬傷，應該能和我相處的來。

不在志願清單裡，是因為這種狗的品種算起來較新，來不及出現在我的精裝圖鑑裡。根據資料，紅貴賓在 2004 年時一度風靡寵物市場，以「泰迪熊」的姿態擄獲了大大小小的心。

牠們屬於玩具貴賓的一種,這種小型玩賞犬最大的特徵,就是紅棕色的捲毛、垂下的兩片耳朵,還有大而無辜的圓眼睛。牠們活潑好動,具有強烈的好奇心,喜歡跟著人到處走來走去,同時也相當聰明,甚至懂得要心機手段來操縱主人,達成目的。

要手段是真的,畢竟表姊家的兩隻貴賓就有一籮筐的事蹟。他們一開始只有一隻公的紅貴賓,直到牠成年後才又買了一隻母的紅貴賓,讓牠們互相作伴。牠們甚至一起拍了婚紗照,做了一本相簿,還洗了一堆照片,有幸拿到的親朋好友,都大力稱讚牠們郎才女貌,並祝賀牠們永浴愛河,百年好合。

然而這對夫妻的長處並不只有可愛,事實上完全相反,兩隻狗各有一肚子壞水。丈夫的稱號是「咬人狗」,因為自小被嬌寵,養成了少爺般的脾氣,只要稍不順心,張口就咬,偏偏還非常清楚咬哪些人能毫髮無傷,咬了哪些人該快速逃命,奔向表姊的懷抱,躲避隨之而來的懲罰。太太是比較老實的那一個,從不光明正大地攻擊人,卻會在拜訪阿姨家的時候,背地裡把牠看上的玩具咬到表姊的包包裡,自顧自地搜刮伴手禮。

牠們在去年生了一窩小狗,兩隻公的,兩隻母的。一對被二表姊抱走,同樣寵得上天,玩具堆了三大箱,沙發上面都是抱枕與毯子。牠們就跟父母一樣漂亮,個性也同樣古靈精怪,

最喜歡挑軟柿子欺負，對著表弟表妹叫個沒完。沒想到，今年冬天新生的四隻小狗，有一隻竟然要來我們家了。

「我們要選哪隻？」我問，暗自希望能選一隻溫柔、可愛、不咬人、不偷東西、不亂叫的狗，畢竟不管是一直被咬或被吠，都對友誼的建立非常沒幫助。

「其實也沒得選，因為只有第二隻是公的，我們不想要母狗，母狗的生理期很麻煩。」父親給出了這樣的理由。我理解地點頭，祈禱牠不會遺傳到爸爸逞兇鬥狠的個性。

※※※※※※※※※※※※※※※※※※※※※※※※※※

根據計劃，表姊會帶著我們家的新成員到阿姨家，而二表姊會根據她養育兩隻貴賓的經驗，帶著我們去寵物店打點牠未來所需的一切用品，畢竟貴賓跟土狗是不同的，總不能丟在門外，讓牠睡在破衣服上吧？而且牠還只有兩個月大，當然要無微不至地照顧牠。而在一切都整理妥當之後，我們就會載著牠跟牠的行李回家。

「牠是怎麼樣的狗？」在路上，我興奮的問，迫不及待想了解我未來的夥伴。我對牠幾乎一無所知，只知道牠是兩個月

大的公紅貴賓，此刻我的心情就像是要去相親一樣，既期待又不安。

「聽說很聰明。」母親試著提供訊息。「聽說牠是兄弟姊妹中唯一學會爬樓梯的，因為牠喜歡跟著姊夫到處跑。」

聰明、黏人、有活力，應該是個好相處的狗吧。

「不過因為剛出生就爬樓梯，所以牠的腳很短，可能是因為太早拉筋了，就跟跳芭蕾舞的人大部分都很矮一樣。」父親補充。腳短是沒問題，事實上，我也不確定這種身高僅有二十多公分的狗，為什麼會需要長長的腳。

我靠著椅背，想像著牠的樣子，想像著牠專心地注視著我的樣子，還有我們未來要一起做的事，完全陷入了白日夢，甚至連抵達阿姨家都沒有發現。

表姊已經在等我們了，一進門，她就指著地上的小紙箱，我連忙奔過去，看見了此生看過最脆弱、最可愛、最毛絨絨的東西——牠見到有人來了，就站起來，兩手扶著紙箱的邊緣，眨著黑黑的大眼睛，低頭聞我的手，同時友善地搖搖尾巴。

我小心翼翼地伸手摸牠，深怕太用力會把牠壓壞。牠的毛色比父母跟兄姊都來得深，也許是因為出生不久。牠紅棕色的

毛凌亂隨意地捲曲著，貼著肌膚，讓牠看起來像是收不好的一團毛球。牠的眼眶稍微大了一點，在牠轉動眼睛時會露出眼白，牠果然腳短短的，比例近似於臘腸，還有臘腸一樣的長尾巴——普通貴賓在剛出生後通常會被斷尾，只留下一小節尾骨，但牠的尾巴幾乎就跟牠的手一樣長，讓牠的比例更不對勁。

其實這也沒甚麼關係，雖然毛球般的兔子尾巴很可愛，但那樣很不人道。至少我們現在能更清楚地知道牠的心情，希望。

「要去買牠的東西囉。」二表姊出聲叫我，我依依不捨地小聲跟牠說再見，跟在表姊跟父親後面，一起前往寵物店。這趟旅行讓我大開眼界，完全更新了我對養狗的狹隘認知：狗的生活確實花俏起來了，或者可以說，養狗成為了有錢有閒的人的娛樂之一。我對著塞滿好幾個走道的不同飼料嘖嘖稱奇，開始研究它們的種類差異——以年紀來分，從幼犬到老犬的配方一應俱全；以體型來分，小型犬到大型犬的不同特調應有盡有；以口味來分，無穀、羊肉、牛肉、雞肉到海鮮，隨便你挑。我像是掉進了愛麗絲的兔子洞，睜大眼睛，對周遭的每一件事物都嘖嘖稱奇。

父親的手推車裝得滿滿的。一袋幼犬配方飼料（表姊建議我們不要一次買太多，因為牠們家似乎有挑食的傳統），一些

幼犬罐頭，一些軟式潔牙骨，一些起司條跟肉乾，好幾袋尿布，三個飲水機，一個塑膠狗窩，還有一個不鏽鋼狗碗。

跟小黑的待遇天差地別。

回到阿姨家後，兩個表姊開始跟父母分享養狗秘訣，而我則坐在地板上，伸手逗那只小狗玩。牠比哥哥姊姊冷淡，不愛親吻人，也不喜歡露出肚子討要撫摸，只是窩在那裡，不閃躲我的觸碰，也不露出熱情的樣子鼓勵我，不過我還是很高興。

「我等不及帶你回家了。」我對牠說，而牠舔了舔我的指尖，讓我心都融化了。

※※※※※※※※※※※※※※※※※※※※※※※※

傍晚時分，我們踏上回家的路。在出發前，我們已經先把新買的枕頭染上牠的味道，再把牠放進新的狗窩，安置在後座，而我奉命守護牠，不讓牠在剎車時滾到地上。牠似乎不太在意這段旅程，一路上都閉著眼睛，縮成一團睡覺。我時不時就偷偷地摸牠，驚訝於牠的滾燙、柔軟，還有牠穩定的心跳。種種跡象，都讓我深刻意識到，在我身旁的是一個幼小的生命，而牠散發出的生命力，讓我喜歡到目眩神迷又害怕到頭暈目眩，同時升起滿腔的愛意。

　　到家之後，父親開了車門，連窩帶狗地把牠抱進家裡，放在客廳的地板上。安全落地之後，牠就睜開眼睛，好奇又困惑地走出牠的安樂窩，聞著地板與家具，彷彿在確認牠現在身處何方。與此同時，我跟母親搬運著牠的行李，為牠鋪好尿布、架設飲水機，而牠就疑惑地走來走去。

　　「來睡覺吧。」我叫牠，拿著牠的狗窩率先爬上樓梯，然後轉身靠著牆，暗示牠跟上。牠有點狐疑，但出於喜愛冒險跟好奇的天性，牠無法抗拒探索陌生之地的渴望，順從地伸展小小的身體與短短的四肢，小心地一階階地爬上二樓。

　　我為牠開啟臥室的門，把窩放在床邊，看著牠——聞過化妝台、櫥櫃跟床架，最後才回到有著自己氣味的狗窩。牠趴著，跟我四目相接，彷彿在問：「這裡到底是哪裡？我的家人們呢？」

　　「這裡是你以後的家了！」我告訴牠，然而牠只是縮成一團，把頭埋進肚子裡。雖然牠冷漠的態度讓我有點受傷，但我能夠理解牠的不安跟憂鬱——突然失去了熟悉的一切，被迫待在一個陌生的地方，失去所有的家人，只能孤零零地縮成一團保持溫暖，感覺一定很孤單又糟糕。

　　牠的心情的確盪到谷底。當我們都在床上就定位，關燈準備入睡的時候，牠反而睜開了眼睛，開始發出細小哀怨的嗚咽

聲。我們本來採行消極的無視策略，等待著牠叫累後自己消停，但牠的悲傷卻隨著時間越發膨脹，聲音也越來越大，越來越高，就像是哭到激動處，大力哭號的人一樣。

「睡覺吧。」父親試圖用人類的方式寬慰牠，但牠想要的卻是觸碰跟溫度。牠繼續哭著，沒有因為口渴或疲憊而停下的意思，我不禁懷疑，若是鄰居聽見，是否會覺得我們正在對幼犬進行不可言說的折磨。

最後牠終於獲得了勝利。在牠來到我們家的第一個晚上，牠就打破了「不准上床」這條禁令。父親把牠抱上床，放在棉被上，牠立刻就停止了哭喊，安靜地縮成一團。現在想起來，也許牠到底遺傳了父母的狡詐，以此試探著牠未來的室友，對牠的態度究竟怎麼樣。

不過，有很長一段日子，牠都不被允許睡在床上，因為父親堅持狗要有狗的樣子，不應該跟人類搶奪床褥跟枕頭，第一晚的破例是因為牠初來乍到，滿懷不安，是必要之惡。然而，我太想跟狗一起睡覺了，在其後的幾年內，我不停地教導牠跳上床，從一開始的關燈後偷偷跳，到最後一進臥室就跳，牠逐漸相信了，床鋪是牠的歸處，而棉被跟枕頭是牠理所當然的共享。

　　事已至此，父母只能接受這個事實，看著牠走來走去，尋覓最喜歡的位置。父親甚至態度丕變，一開始的威嚇驅趕早已不復見，現在他甚至是把牠主動抱上床的那個人，比我們都還要溺愛。

　　「為什麼要把狗抱到我的床上？」我抱怨道，看著佔領了棉被，窩成一團睡覺的狗。

　　「因為牠已經十幾歲了，跳不動了。」父親說，彷彿這是再明顯不過的事實，根本不需要多費口舌。

　　而整個冬天，我們就這樣輪流把牠抱到床上，甚至給了牠自己的棉被與枕頭。

　　一家人睡得整整齊齊，同榻而眠，交纏在彼此的夢。

你的名字是

　　我曾經聽說過，有很多人在小孩出生後好幾個月，都還沒辦法決定名字，就是為了避免小孩因為傻氣的名字被嘲笑，或是為了找出一個充滿祝福的好名字。狗不需要算命師推算出的好名字，但還是需要一個正常且大方的名字——畢竟你不會希望因為一時興起，而取出一個讓人狗都尷尬的壞名字。你絕對不會想要在友善的陌生人問你：「你可愛的狗叫什麼名字？」的時候，或是在獸醫院填寫寵物資料，還有在寵物店預約洗澡美容服務的時候，給出「美女」、「哈囉」、「哈哈」，諸如此類，讓雙方都只能掛上尷尬微笑的名字。

　　母親堅持以嚴肅的態度對待狗的名字，至少不能使用土狗的毛色命名法，「小紅」絕對跟這種玩具般的小狗不搭。父親則堅持要不著痕跡地增添一點學術元素，比如使用外語單字命名，這樣在叫牠的時候，就立刻多了滿腹經綸的感覺，連狗都氣質了起來。

　　我是沒有發言權的，畢竟我只負責跟牠玩，而且我當時只有十歲，就連自己都不相信能想出甚麼好名字。

　　整整一個下午，父母的想法仍無交集，他們開始參考紅貴賓家族的名字，期待能從中獲得些許靈感。牠的父母以高級跑車的廠牌為名，而牠的兄姊則以專櫃化妝品的品牌命名。某方

面不可謂不適合，畢竟貴賓起源於歐洲，以各種法文跟義大利文單字為名，真是天衣無縫。

很可惜地，父母對名牌跟歐語都不熟悉，意味著我們的選擇其實相當有限（老實說，你也不會想取一個太浮華的名字，像是詹姆士二世之類的）。最後父親決定叫牠 Alpha，來自希臘文的第一個字母，母親也同意了，她喜歡這名字隱含的我們家真正第一隻狗的涵義。我立刻把這個消息帶給牠，跑到牠的窩旁蹲下，一邊摸牠，一邊告訴牠：「從今天開始，你就叫做 Alpha 了。」

牠很快地了解了這兩個音節代表的意義，每當聽見這個名字，牠就會抬起頭看向聲音傳來的地方，搖著過長的尾巴，彷彿在回應。

但很快地，牠就因為我們家表達愛意的奇妙方式而混亂起來：在我們家裡，有著互相取綽號表示親暱的不成文規定，而且隨著時間流轉，綽號會不停地推陳出新，端看當時的流行與心情。牠當然也不能免俗，因為我們都把牠當作家人，即使不停地更新狗的名字似乎不是個好主意——但紅貴賓是聰明的犬種，不是嗎？

　　每個人都給了牠自己的名字。母親開始叫牠「乖寶」，接著又改叫牠「金孫」；父親堅持了幾個月後終於開始隨波逐流，給了牠「憨孫」的別名。而牠一定沒想到，連外頭的人都會參一腳：寵物店的店員叫牠「阿發」，阿姨則體貼地為牠冠了姓氏，連名帶姓地叫牠「林阿發」；表姐則堅持牠是我的弟弟，所以總是叫牠「表弟」。在牠定居在我們家的短短一年內，牠就已經有了五、六個現已失傳的短期綽號，牠卻還能夠對每一個名字有所反應，簡直是奇蹟。

　　如果我們知道，以後會一再為牠更新名字的話，當時就不用搜索枯腸地想名字了。現在牠就叫做「狗」，淺顯易懂，大方俐落。另一個更國際化且精準的名字是「Poodle」，我覺得這名字很好，但每一次告訴朋友時，他們總是笑我太荒謬。

　　聽說狗一生能記住的單字數量有限，最多也就百來個。有時候我會想，如果在牠的記憶容量裡，名字佔去一大半，這算不算一種浪費？可是透過名字，我們跟牠分享的是生活，是關係，也是愛意。也許在其他養狗人眼裡，我們的行徑可謂瘋狂，但就像是人們總愛為情人取小名一樣，我們也把同樣的愛意與親暱灌注在名字上。

　　也許再過幾個月，甚至是幾個星期，牠就又會得到一個新名字，但這並不是出於玩弄，而是為了表示親愛，而每當牠搖尾巴回應，就好像在說：我知道。

我想告訴你

非常規訓練

　　Alpha 已經在我們家住了一個禮拜，為我們建立了嶄新的生活模式，一家人都繞著牠打轉，自然地彷彿牠從未離去。現在父親起床盥洗後的第一件事，就是帶著蹦蹦跳跳的下樓梯，在牠的碗裡放一匙幼犬飼料，等牠吃完後再倒一碗牛奶。我們盡可能避免給牠任何人的食物，至少在我們還能抵禦牠可憐巴巴的撒嬌表情之前，都不打算退讓。我跟母親出門後，牠就交給已退休的父親全權負責，通常他們早上會一起在客廳度過，父親會一邊看電視，一邊陪牠玩拋接的遊戲；中午一起上樓睡午覺，下午帶牠出門散步，晚餐牠當然又是第一個吃的，飯後水果牠當然也有一碗。等牠吃飽喝足後，我會百般勸誘牠上樓，留在房間裡陪我看書或寫作業，最後把牠帶回臥室，跟牠道晚安。牠已經習慣了這個陌生的新家，知道了每一個房間的功用與味道，並且迅速地在各個地方建立領地──狗窩、坐墊、毯子，只要是毛絨絨的東西都歸屬於牠。牠想待在哪兒都行，但牠還是最喜歡跟人待在一起，只要一有人站起來，牠就會抬頭凝視，猶豫著該不該追上去。

　　我們並不急著訓練牠，因為從牠還在表姊家裡的時候，就已經學會了使用尿布跟飲水機，而且我們也不抱期望牠能夠學

會二十一種花俏的技藝——牠只不過是普通的狗，而普通的狗不需要懂轉圈或假死的指令。

我們目前採取放養的方針，指令的訓練隨興之所致，學起來很好，學不起來也沒關係。有一陣子放學之後，我會拿著小塊的肉乾，坐在牠前面，用興奮的語調對牠下命令。

「坐下。」我說，同時伸手輕壓牠的屁股。牠乖乖地坐下了，而後因為看見我手上的點心而瞬間站起來，僅用了一秒的時間吞下零嘴。我也教過牠趴下、握手、換手、等等、過來等「基本教育」，但牠似乎有自己的尊嚴，只在心情好或是有食物的時候聽話。牠不是聽不懂，就只是不想做，要是你兩手空空地叫牠握手，牠多半只會看著你，對你露出狐疑且嫌棄的神情。由此看來，我們的訓練不算成功，但我們也從沒期望牠變成馬戲團小丑，只要牠過得開心自在，那就沒甚麼問題。

我不在意牠的不合作運動，是因為我志不在此。我有更想教會牠的事，而這都是為了實現更遠大的目標：隨時隨地跟狗黏在一起。為此，我必須教會牠上沙發、上床、上椅子，上種種狗通常不被允許的地方。

我從最簡單的沙發下手。我想盡各種辦法教導牠，甚至在搜尋引擎上鍵入「狗　沙發」，但搜尋結果卻不盡人意，全都

是絕望的狗主人在網站上四處詢問，該如何阻止狗一再跳上沙發。我倒希望牠能有那種力量，能夠隨心所欲地在地板與沙發上來去——但牠還是幼犬，不具備一次跳上沙發的能力。我只好為了搜刮四個矮凳，由低到高地排列成臨時階梯，然後拿著肉乾，一路引著牠爬上板凳，直到抵達沙發。

「你好棒！」我大力地稱讚牠，乾脆地把手上的零食給牠，而牠開心地趴在沙發上，滿足地吃著，牠大概也覺得我很棒。就這樣，牠終於逐漸學會爬到各種家具上，融入了我們的日常。

※　※

父母默許了牠開始攻佔沙發的行為，甚至默許了牠佔領兩個抱枕跟一塊毛被，並不是出於寵溺，只是因為牠太乖巧了。都說狗的個性會像雙親，幸好牠既不愛咬人，也不愛偷藏亂咬東西，真要說的話，牠的個性就像聖人，冷靜、溫和、忍讓、安靜。牠有著幼犬旺盛的好奇心與熱情，會嗅聞每一個靠近牠的東西，也會對我們熱情地晃動尾巴，可是牠並不像普通的小型狗一樣敏感纖細，一有風吹草動就猛叫狂吠，也從來不咬壞任何布料或家具。不遊玩的時候，牠最喜歡靜靜地趴在某個地方，任我搓圓搓扁，縱容我的幼稚。

有時候牠實在太安靜了，安靜到連我們叫牠的名字，牠都不想搭理，只不過動動耳朵，意思是「我聽到了，但我不想過去」，那種時候，我總覺得牠像是披著狗皮的貓。牠從不特別黏人，雖說喜歡跟人在一起，但大多時候只是在同一空間內，要是我莽撞靠近，牠甚至會起身跑到更遠的地方，讓我不禁懷疑自己做了甚麼招牠嫌惡的事。幸好，牠對父母也是一樣，也許是牠的天性使然吧，牠不願意被呼之即來，當然也不想被揮之即去，牠想要甚麼時候來去，都是牠自己做決定。

如果可能的話，我想教會牠趴在我的腿上，或是隨時隨地給我個擁抱。但當我對牠張開手臂，大喊「抱抱！」的時候，牠只是坐在遠處搖尾巴，彷彿看穿了這是包含著擁抱跟親吻的親密陷阱。牠從不上當，並且堅持維持尊嚴。

我放棄了，開始看我的書，結果過了不久，一個軟軟毛毛的東西在我身邊趴下了，肚子跟我的手臂碰在一起。

牠就那樣側躺在沙發的扶手上，一副百無聊賴的樣子，連看都不願意看我，但我仍然不禁微笑，心頭暖洋洋的，像是冬日的貓在屋頂上曬太陽。

我想告訴你

吃不飽的青春期

然而，我們早該知道，這種平靜的生活只不過是表象。早在一開始，毀滅的種子就已經種下，深深埋在 Alpha 的生命時鐘底下，悄悄地成長茁壯，等到命運之日——牠的一歲生日——到來的那天，來一場華麗的大爆炸。

對大多數的狗來說，一歲是牠們生命歷程的重要分水嶺。許多品種都在一歲時成熟，小小薄薄的鋒利乳牙全數脫落，長出更大、更圓潤的雪白恆齒；胎毛也盡數褪去，被更濃密的成熟毛髮取代。在這個時候，不僅體重與身長穩定地成長，精力跟好奇心還會如湧泉般汨汨湧出，隨時都能來上一場衝刺，勇猛地撲向任何讓牠們感興趣的事物。

對於飼主來說，這段期間也是人與狗關係轉變的分水嶺。雖然大多數的人們都明白，這段時期是狗的急速成長期，也期待著他們心愛的孩子「轉大人」，但卻很少有人注意到，牠們的心理也會發生翻天覆地的巨變，而這就造成了一系列的誤會、心碎與悲傷。

是的，狗狗們就跟人類一樣，在真正進入成年期前，必須先經歷情緒化的青春期。在這段期間，牠們可能會變得疏離、無視指令、故意唱反調，而可憐的主人們，雖然發現他們心愛的孩子性格不變：冷漠疏離、暴躁易怒、挑戰權威、拒絕親密，

卻對原因毫無概念。在挫敗與無助的雙重折磨下，有些人的反應是毀滅性的──就像是剛跟青春期的小孩大吵一架，怒火攻心的父母，在盛怒之際，也有許多人會把叛逆的狗趕出家門，從此斷絕關係。讓人心碎的是，大多數的人並不會像是對待孩子那樣，在冷靜之後，把一度趕出家門的狗接回家。因此，許多流浪狗，都是在這段期間被棄養的。

略好一點的主人，則試圖矯正牠們突發的問題行為，致力於讓牠們做回原本的乖孩子。他們信奉鐵血教育，以古典的制約方式，試圖以處罰與斥責杜絕他們的惡行，但正如同越打越叛逆的青少年一般，青少狗也絕對不會屈服，只會越來越偏激，唯一的效果便是傷害彼此的關係與感情。科學家們給飼主的最好建議是：了解青春期終將結束，了解牠們並不是有意為之，並且以耐心與愛意陪伴牠們，引導牠們經歷這段混亂而令狗費解的時光。

可惜，當時的我們也未曾聽說過狗的青春期，在面對 Alpha 的劇烈轉變時，我們只是覺得，牠終於露出了狐狸尾巴，暴露了牠壓抑至今的本性。倒不如說，我們當時實在有些驚奇，牠竟然能忍耐整整一年，才決定對我們展示在牠血液裡奔騰的小惡魔基因。

　　剛剛步入成年期的 Alpha，終於步上牠父母的後塵，長成了玩偶般的可愛模樣。如果拿著牠小時候的照片在牠旁邊對比，看見的十個人裡，大約有八個不會相信，那團亂糟糟的毛球長成了現在的牠。在牠小時候，紅褐色的捲毛總是緊貼著皮膚，像是地衣一樣，凌亂地覆滿整個身軀。捲曲的弧度既大且不規則，不管怎麼梳毛都蓬不起來，不管怎麼梳毛都還是一團亂。現在牠新長出的毛可不是這樣，雖然淡成了淺咖啡，卻也不讓人感到褪色。同時捲度也大幅下降，就像是曾風光一時的玉米鬚燙，遠看不怎麼捲，近近地瞧了，才發現每一根毛髮都是由數個弧度極小的捲曲組成的。現在，牠的毛終於不再沿著軀幹蔓延，而是如同植物般往上直立，織成一副細密柔軟的鎧甲。髮質也變得更加細緻，相當柔軟蓬鬆，輕輕地順著毛撫摸的手感，就像是在觸摸雲或棉花。

　　現在，牠看起來就像是真正的泰迪熊。出門散步的時候，驚呼「好可愛！」的人也多了起來。就像是人類說的「長開了」，成年的牠，終於展露出了天生的魅力，舉手投足都散發著滿滿的可愛。

可愛。如果牠還是原來那種溫柔敦厚的個性的話。但我們很快的就發現，「孩子長大就不可愛了」這句話，是悲傷又真實的定理，撫育小孩必然遭遇的困境。

※ ※

我們再也不能跟親朋好友如此炫耀：「我們家的狗從來不亂叫，只會趴在沙發上偽裝成抱枕，隨便你亂摸也沒關係，簡直就是玩賞犬的最高模範。」因為往日的榮光已經不再，Alpha如同聖人一般犧牲奉獻、沉靜淡然的性子，完全消失無蹤，取而代之的，是神經質、暴躁、若即若離的毛躁個性。牠會故意引起我們的注意，主動靠過來趴著討要撫摸，卻時常在手將要觸碰到牠的時候，突然發出不滿的低吼，讓人搞不清楚牠挨過來的時候，究竟是真心還是假意，是陰謀還是撒嬌。牠就像是試探著愛與底線的青少年一樣，以一種非常彆扭的方式，反覆確認著我們對牠的愛意。

然而鬧脾氣只不過是個開始。在牠的青春期裡，花去牠大部分時間與精力的，是咬與吃。

被凌虐到成為殘骸、龜縮在房間角落的紙箱與舊書，就是牠成年禮的開始。

那是個普通不過的夜晚。雖然 Alpha 已經成年，但狗的睡眠時間本來就長，一天能睡超過十二個小時，無事可做的時候，牠也大多躺在各處假寐，而每天才不過十點，牠就開始昏昏欲睡，每當看見有人上樓，便會跟在後面，期待著臥室門開啟的可能。那天也是如此，一幫牠開門，牠就立刻跳上床，在牠的專屬小被子上轉了幾圈，埋頭用力刨抓幾下，便舒舒服服的窩成一團，閉上眼睛。誰會想到，第二天一大早叫醒我的不是鬧鐘，而是一種窸窸窣窣的可疑聲響？

到底是什麼聲音？被吵醒的我賴在床上，轉著不靈光的腦筋想著各種可能性。該不會是成群結隊的蟑螂正在搬家或吃早餐吧？如果真是那樣，我到底應該起來看看，還是假裝什麼事都沒發生，眼不見為淨？但如果真的有蟑螂，感覺應該還是得起來，免得甚麼都不知道的狗，看到會動的小東西，就一口把它吞掉……想到這裡，我認命地張開眼睛，坐起身來，卻沒有在床角看見那團毛茸茸的身影。

該不會真的去吃蟑螂了吧！我立刻驚坐起身，在房間裡搜尋牠，最後終於在角落看見了那團棕色的毛球，牠正背對著我沉浸在自己的世界裡，毫不在乎四周的動靜。

「天哪，你在幹嘛！」看清楚牠抱著的是甚麼之後，我立刻把那個小紙箱搶過來，放到高高的桌子上，免得牠繼續吞下更多紙漿。Alpha 非常地不高興，從胸膛中發出隆隆的震動聲，充分表達了牠對我有多麼不滿，並且暗示我，如果我再輕舉妄動，牠不介意在我的手上也來一口。

「那個不能吃！」我告訴牠，轉身檢視著那個厚紙箱。我起得太遲了，整整一面的紙板都已經被口水泡爛，邊角也消失了，只剩下一些可悲的毛邊。

牠仍然不高興地看著我跟我手上的紙箱，在發現我並沒有要還給牠的意思後，牠卻也毫不留戀，果斷地將注意力從我身上移開，轉身繼續沉浸在美好的早晨裡。我皺眉看著牠，過了好幾秒後，才意識到連那些堆在地上的舊課本也慘遭毒手，每一本書的尖角都被啃成溫順濕潤的圓弧，無一例外。

「你怎麼能這樣！」我又驚又怕，驚的是牠竟然飢不擇食，怕的是牠可能會腸胃炎。我把那疊書抱起來，全都堆在桌上，然後彎身去戳牠的大腿，用我最嚴肅的眼神直視著牠，警告牠：「你不能再這樣亂吃東西了！」雖然 Alpha 並沒有咬我，還垂著尾巴，一副知道自己理虧的可憐模樣，但在牠負氣自己開門

出去之後，牠就站在臥房外不遠的地方，隔著門回頭望我，彷彿在說「我們走著瞧」。

拜託不要。我在心裡祈禱。

※ ※

那當然不是唯一一次 Alpha 亂撿東西吃，可我們也並非沒有防範。當我們發現牠進入了這可稱之為「類口腔期」的階段後，立刻進行了一場大掃除，不再跟之前一樣，安心地把顯然不可食用的各種雜物擱置在地板上，而是全都收進櫥櫃，真的收不下的就丟進紙箱，確確實實地斷捨離了一番。同時，我們打掃家裡的頻率也急遽上升，絕不允許地上出現頭髮──根據父親的證言，在牠出門解放的時候，有許多次牠的糞便掛在屁股後方搖曳，而這一切的元兇就是被包裹在其中的頭髮──我們當然不願意牠像是發現珍寶那樣，把牠能收集到的落髮全都囫圇吞下，在腸胃裡糾結成一團。

可是照看一只狗，畢竟比照顧一個嬰兒更加困難──你能夠在無暇監視孩子的時候，把他們放置在嬰兒床裡，確保他們不會藉此機會觸碰一切危險物品，但你永遠也不會知道，當你的狗在家裡四處亂跑時，牠們會突然對甚麼最普通的家具產生興趣，接著對其施以令人費解的暴行。在收起了所有牠能搆著

的紙製品後，我們還沒來得及高興多久，就發現牠早已跨越了過往，一心向前，為自己找到了一片更廣大的藍海。

※※※※※※※※※※※※※※※※※※※※※※※※

牠是在甚麼時候盯上垃圾桶的，我們不得而知，但我們確實知道，牠非常清楚翻垃圾桶是不對的，能讓我們非常無奈，非常認命地收拾殘局，而主人的關注與煩躁，就是青春期的狗唯一想要的。

那是一個平日的下午。在前往大賣場採買東西前，我們給牠開了客廳的燈，安慰而抱歉地放了幾根肉條在碗裡，摸摸牠的頭，囑咐牠要乖乖的看家。Alpha 乖乖地坐在門邊，看著我們一一出門，一臉純潔可愛，又是小時候那種聖人的模樣。

但進了青春期之後，聖人只不過是惡魔的偽裝。兩個小時之後，心滿意足地提著大包小包進屋的我們，被慘烈的場景深深地震懾——客廳的地板上，極不平均的灑滿了雪花般的衛生紙碎屑，而在滿地的白色碎末中央，正站著一只定格的紅貴賓，牠抬頭看向我們，嘴巴裡還含著一團尚未遭毒手的衛生紙團，烏溜溜的眼睛睜得大大的，顯然很驚訝在做案到一半的時候，就被目睹了犯罪現場。

「你又在做甚麼！」我驚呼，衝過去在牠身邊蹲下，努力地掰開牠的嘴，而牠就像是被警察打的大燈直直照射的犯人一樣，不僅一動也不動地僵直在那兒，也喪失了所有的抵抗心理，非常配合地張開嘴，乖乖地把那團紙吐了出來。

我把那被口水浸濕的紙團再度丟回垃圾桶裡，然後轉身雙手叉腰，用上次那種嚴肅的語氣質問牠：「你為什麼要這樣？」

然而狡詐的犯人已經收拾好自己的情緒——Alpha 垂著尾巴，抬頭用可愛的臉龐對著我，露出牠知名的無辜神色，彷彿在說「你在說甚麼？我完全聽不懂。」

我努力地抵抗牠的賣萌攻勢，又嘗試了一次。

「這不是你這種狗應該做的事。」我告訴牠，雖然我確信，沒有任何一種狗應該跟垃圾桶產生聯繫。而牠顯然也鐵了心，決定裝傻到底，繼續垂著尾巴縮成一團，偏頭用大眼睛安靜地看著我，繼續濫用著美貌，擺出牠從基因裡帶來、最引以為傲的、楚楚可憐的模樣。我敗下陣來，蹲下來伸手去戳牠的大腿權當責難，要牠答應下次絕對不能再這樣。而牠想必是嗅聞出了我的心軟，毫不在乎地踏著輕快的腳步離去了，留下滿地的破碎纖維，要我將它們倒回原本的所在，等待著牠下一次一時興起的臨幸。

※※※※※※※※※※※※※※※※※※※※※※※※

　　青春期的狗，就跟青春期的孩子一樣，做甚麼都只有三分鐘熱度。在征服了客廳的垃圾桶之後，Alpha 立刻轉移目標，決心往更遠大的目標邁進——如果要玩垃圾，那最好是又好玩又好吃的。而說到好吃，那自然沒有甚麼比得上經過調味的骨頭。

　　廚房的加蓋垃圾桶是牠最新的目標。知其不可為而為之，這就是青春期的浪漫精神。知其不可為而放心，這則是人類的遲鈍與愚蠢。就算牠的哥哥懂得把柵欄抓開偷溜出去，牠的媽媽懂得把玩具藏在包包裡，我們也絕對想不到，我們家看似樸拙老實的狗，能夠靠一己之力，征服比牠還高兩倍的腳踏式垃圾桶。

　　雖說是青春期，但牠似乎難以持續抵抗紅貴賓黏人撒嬌的個性。在牠自己看家的時候，雖然偶爾還是會留下衛生紙碎屑，以行為藝術向我們抗議，但在聽見車庫開啟的時候，Alpha 還是會在第一時間衝到門口，搖著尾巴迎接我們的回歸。因此，在那一天，我們都進來放好東西後，才看見牠不知道從哪裡匆匆跑來的狼狽模樣時，我們就知道大事不妙。

　　我們搜索著家裡的一切異狀：客廳，很乾淨；餐廳，沒有問題；樓梯跟尿布都整潔無比。也許牠剛剛只是在打盹，被我們錯怪了？

　　「Alpha！」父親的怒吼從廚房的方向傳來，而牠顯而易見地癱軟下去，在我面前化作了柔若無骨的毛球，然後被走過來的父親提起，拖進了廚房。

　　我跟著踱過去，想知道廚房裡是怎樣慘烈的情景，便看見垃圾桶的蓋子神奇地大開著，周圍散落著嚼剩的碎骨頭，衛生紙之雪跟這比起來，簡直是小巫見大巫。

　　牠被父親結實地打了好幾下，繼續軟在地板上，一副被虐待的可憐樣。然而父親並沒有跟我一樣，不成器地輕易被牠操弄，而是立刻徵用了打從回家後便從沒用過的鐵柵欄，橫在廚房的入口前，阻絕了牠再度入內探險的任何可能性。

　　「你沒事吧？」」我問牠，拍拍牠的背。牠無視我，逕自翻了一圈，從扶手上滑到單人座的沙發椅墊上，頭靠著肚子，窩成一團，就像是青少年在鬧脾氣時，想縮進自己世界的那種拒絕對話的樣子。

　　※※※※※※※※※※※※※※※※※※※※※※※※※※

在 Alpha 一歲半的時候，牠這一系列奇異的行為便自動消停了，個性也穩定下來，大多時候仍然很冷靜與嬌懶，只在聽見車聲、茶壺鳴笛聲與外頭人聲時，叫幾聲權當警告。現在牠只對佔領所有柔軟的棉被與枕頭有興趣，垃圾桶不過是無用的擺設，而衛生紙或骨頭就更不用說了，除了完好美味的食物，沒有其他東西能入的了牠的口。

人們在回顧自己的少年時代時，常常會對自己的心思與行為震驚不已。不知道 Alpha 在無事可做的時候，會不會想起自己的過去？會不會想要對當年費盡心力，靠著垃圾桶站起來，埋頭在裡面亂拱尋寶的自己說：「你這笨蛋！」？會不會無奈地自嘲，覺得自己就像是第一次進城的鄉下人，撿到玻璃卻當成鑽石那樣珍惜不已？

牠會像是無顏面對黑歷史的大人一樣，羞恥地撇過頭，裝做甚麼都沒有聽到，還是充滿自信地接納那個充滿活力，探索世界的自己呢？我漫想著，在沙發上躺下來，跟牠窩成一團，一起睡著了。

我想告訴你

狗生職涯規劃

「我家的狗狗呀，很貼心喔。會隨時偵測我們的心情，超級在意我們的。如果有人講話稍微大聲一點，就會跑過來，隔在兩個人中間，搖尾巴、舔手腳、抓大腿來轉移我們的注意力，好像是要叫我們和好一樣。」我的某個朋友曾經這樣對我說，在說話的期間，她的臉上始終帶著溫柔如春的笑容，想必是因為她心愛的大白狗如此體貼，而洋溢著滿滿的幸福感吧。

另一個朋友家裡的小型犬，則是他們家的開心果：「牠很在意我們哦，如果發現有人心情不好，就會跑過來撒嬌，挨在你身邊，努力逗你開心呢！」

天知道我有多麼羨慕。她們的狗就是教科書上那種最標準的「人類最好的朋友」，那種總是隨時關注家人的心情，並且依著感知到的不同情緒，做出各種反應，盡全力治癒人類的毛茸茸天使。

可惜，別人家的狗就跟別人家的孩子一樣，你只能聽在耳裡，羨慕在心裡，然後回家看著你的狗，想牠為什麼會是這樣。

Alpha 從來都是那副冷淡的性子，就算真能嗅出我的情緒，牠也毫無作為，從來沒想主動接近，治癒我受傷的心。就算在牠面前落淚，牠也只是趴在不遠的地方，時不時轉動眼珠，用

餘光瞄我，彷彿只是想確定我還在這裡。就連生病發燒，躺在床上昏昏欲睡的時候，牠也毫無顧忌，依然故意地抓門，要我放牠進房間，而後便自顧自地跳上床，在棉被堆裡安頓下來。舔舐、擁抱、緊貼，甚麼都沒有。

　　然而，這並不代表牠是隻毫無作為的狗。只是比起情感勞動，牠更喜歡簡單俐落的身體勞務。雖然從牠降生的那一刻起，紅貴賓的血統就注定了牠難以成為專門的工作犬，最多最多只能成為家中漂亮的玩賞狗，但牠可沒有因此停下腳步，總是努力地開發著自己的潛力，嘗試擔負起各式各樣的工作。有時候我總懷疑，牠是以此作為對年少輕狂的懺悔，想證明自己不再是當年那個狂野的毛躁少年，而是一個成熟的、有用的、生活中不可或缺的好夥伴。

　　最初牠還不確定自己的興趣，因此牠決定保守地遵從大多數先輩的腳步，從保家開始。早上，牠開始花費一至兩個小時，趴在距離門邊不遠的枕頭上，凝神諦聽外頭的聲響──從整條街都聽得一清二楚的閒聊，到汽、機車的引擎及喇叭聲，都能惹出牠喉頭的幾聲警告。雖然牠長的如玩偶一般可愛，但牠的嗓音卻極低極沙啞，就像是上了年紀的大型犬那般，未得窺得牠真容的人，也許會被這兇惡的警告聲嚇一跳，但很不幸的，

我們家的家門與大門中間，還隔著一條不短的廊道，這也意味著牠的聲音難以傳達到外頭，而聲量比牠大上好幾倍的婆婆媽媽，從一開始就根本聽不見牠。

過了幾天，Alpha 終於發現了這點。至此，保家衛國的勇犬是做不成了，但牠腦筋動得快，如果外面的人聽不見牠的叫喊，我們也絕對會對牠的聲音起反應──於是牠很快地決定轉職成電鈴，只要有人按電鈴、拍打大門、叫著父母，牠就會開始奔向我們，用力地叫著，彷彿只有牠能聽見電鈴的聲音。

而在所有來客之中，牠最愛的絕對是郵差。每當聽見郵差在大門前將摩托車熄火，喊著「掛號喔」的嗓音，牠興奮的程度不下於得到天啟的凡人，必定非常興奮地從門口衝進我們所在的房間，抬頭對著我們不停地吠叫，催促我們去開門。在我們出去簽領信件或包裹的時候，牠會在門口焦慮又期待地轉來轉去，直到看見我們真的拿了東西進來，確認今天的每日任務已然達成，才會滿意地放鬆下來，回到牠的枕頭上窩成一團，恢復軟綿綿毛茸茸的可愛樣子。

※ ※

除了提醒我們有客人，Alpha 也開始提醒我們必須注意茶壺。在牠的青春期結束後，因著牠不再受到垃圾桶誘惑，那片

鐵柵欄也就回到了它的來處，意味著牠又能在廚房內暢行無阻。在煮飯、切水果、燒開水的時候，牠偶爾會踱進來，抬頭觀察著我們在做甚麼，而經過一年多的觀察，牠發現了這廚房裡也有一種會發出聲響的奇異物品，而且每當那種高亢的聲音響起時，我們就會快速地奔進廚房，那聲音便會戛然而止。

牠雖然不明白燒開水的意義，但牠心中確實堅信，必須提醒我們去關瓦斯。不論是出於對高頻聲音的厭惡，是把握機會對我們說話，還是真的了解讓水煮乾會發生大災難，牠都堅定了自己監視茶壺的決心。當我們離開廚房卻不關燈時，牠就知道我們又在煮水，便會自告奮勇地坐在通往廚房的走道上，面向廚房，並且在聽見第一聲高亢的鳴笛後，立刻起身，一邊奔向我們所在的空間，一邊大聲嚷嚷，要我們快點去處理那個吵鬧的怪物。

幾乎每天晚上，都能看見牠坐著面對廚房的背影。那副專注的模樣非常可愛，牠那如臨大敵的樣子，就像是在告訴我們：「我會保護你們的，不要擔心」。明明自己才是需要人保護的小型狗呀。

※※※※※※※※※※※※※※※※※※※※※※※※※

因為牠總是活用著牠的大嗓門，在牠過於激動的時候，我們總要告訴牠「好了」跟「不要叫」，才能稍稍讓牠回到現實，而在發現牠聽得懂這些指令之後，牠就成了我最可靠的信使——當我窩在房間，父母在樓下看電視，卻又懶得走下樓，想隔著樓梯大聲呼喊父母的時候，只要對在房間內陪著我的牠說：「叫！」，牠就會激動地奔跑下樓，叫喊著父母，用不容忽視的音量壓過電視的聲音，告訴他們，我有話想說。牠就像是信鴿那樣，忠誠又可靠，使命必達，從不失誤。唯一美中不足的，還是牠無法立刻冷靜的老毛病——有時候牠實在亢奮到難以自已，完全不顧我們已經開始對話，仍然大聲地叫著，完美地屏蔽了我們的聲音，完美的本末倒置。有時候，就連跟牠說「好了！」，牠也還是繼續大聲叫著，裝作根本沒聽清，狡詐的要命。

※※※※※※※※※※※※※※※※※※※※※※※※※※

不想叫的時候，牠也給自己找了份安靜的差事：毛茸茸的書擋。牠對紙的執念近似於貓，仍然莫名地對紙製品情有獨鍾，雖然已經不再將它們當作可食用的消耗性玩具吞吃下肚，但每次看見它們，牠還是情不自禁，像是被賽王蠱惑的船員那樣，非得立刻跳上它們，趴在上面不可。報紙、雜誌、漫畫、小說，

不論體裁或主題都來者不拒，只要在牠能夠抵達的地方，牠就一定要去睡上一回。

「你為什麼要這樣？」這已經變成我最常問牠的話了。每次，我把書放在扶手上，暫時離開去給自己弄飲料時，端著杯子回來時看到的，必定是一條長長的咖啡色毛團，舒舒服服地側躺在那兒，而我那可憐的書早就被壓在粉紅色的肚肚下了。

睡在硬硬的書上，怎麼會舒服呢？箇中奧妙我怎麼也想不通，但牠卻非常怡然自得，就好像睡在天鵝絨上面那麼舒服。想要偷偷地把書從牠的身下拿出來，牠還會不高興地躺著低吼，然後繼續放鬆著，用五公斤的體重死死地壓著，全然沒有要放棄的意思。牠那充滿佔有慾的模樣，不下於守護財寶的龍。

如果牠壓住的是報紙，那就更難辦。天真地硬是想把紙扯出來的結果，是裂成兩半的文藝版。而牠只是不高興地翻了個身背對我，仍然不動如山。牠顯然是個非常出色的紙鎮，只要牠往上面一躺，還有甚麼樣的紙能夠逃脫？然而，我們也不需要一個擋住全部文字、還需要定時撫摸的紙鎮，就阻礙閱讀這點來說，或許牠想當的，是預防近視器也說不一定。

※※※※※※※※※※※※※※※※※※※※※※※※※

　　既然牠已經攬了這麼多工作在身上，我們當然都以為，這就是牠的職涯巔峰了——但牠可不這麼認為，才剛成年的牠，精力很充沛，好奇心很旺盛，絕對不滿足於已達成的建樹，好還要更好，多還要更多，沒有甚麼能夠阻礙牠探索自己潛能極限的腳步。

　　在某個星期六，牠擔起鬧鐘的職責，瘋狂地試著叫我起床的時候，我都不知道該稱讚牠想鞭策我的貼心，還是覺得牠很惱人。

　　平常，牠起床之後是不會自己再回到樓上來的。每個平日，牠總是跟著最先起床的父親一起下樓吃早餐，出門解決大小便，而後剛好迎接剛梳洗完的母親，在等一會兒後，才會跟母親一同上樓，進房間叫我起床。可那個早晨，牠才吃完飼料，就轉身奔上樓梯，一路跑到臥室的紗門前，撐著門站起身，用兩隻手摳抓著紗門，就好像怕聲音太小一樣，過了一會兒，牠開始用上牠那種高亢可憐的幼犬聲線，極盡愁苦地哀鳴著，要我起床。

　　我以為牠是想要進來睡回籠覺，所以在為牠開門、看見牠跳上床之後，我再度躲回被窩，閉上眼睛。然而，正當我就要朦朧睡去的時候——碰！

我立刻被嚇得睡意全無，心臟怦怦亂跳，驚魂未定地看著門，正好看見牠颯爽離去的背影。

牠不想睡覺就算了。駑鈍的我如此想著，三度回到床上，用抱枕蓋著臉，試圖召喚逐漸遠去的甜夢。然而就在我即將再度睡去的那時候，喀喀、喀喀喀。狗又開始抓門了。接著的整個早上，我們都在重複這個互相傷害的輪迴：牠抓門，我不情願地開門，牠出門，我回到床上，牠再度抓門……。

「我不睡了啦！」我生氣地告訴牠，坐起身來瞪牠，但牠卻興奮得不得了，像是脫兔一樣，開始在床上繞著圈圈奔跑，最後還挾著這股衝勁跳下床，像彗星那樣碰地撞開門，發出今天早上最大的聲響，就像是在放慶祝的禮炮那樣。我對牠搖頭，信守承諾地走進浴室開始刷牙。從鏡子裡，我看見牠趴在浴室前的地毯上，等著我一起下樓。下樓梯的時候是牠先走，但牠總是走個幾階就會停下，狐疑地回頭，確定我是不是老實地跟在牠身後。牠似乎很擔心我只是做做樣子，在看見牠安心地下樓之後，就會立刻回房間，再度倒在床上，繼續呼呼大睡。

當我們一起進到餐廳的時候，牠很滿意地走進牠的窩，縮成一團開始假寐。可見牠根本不需要我，那牠這麼早叫我起床的目的又是甚麼呢？牠會不會只是剛好跟母親想得一樣：「只

要大家一起聚在餐桌邊吃飯，就是最幸福的時候。」就算不陪牠玩玩具、不分牠吃早餐，只要跟喜歡的人在一起，就足夠了？

從此以後，牠就將叫我起床訂為每天早晨的日課。但牠實在是個失格的鬧鐘，起床時間、鬧鈴頻率、音量大小、重複次數，全都任性又情緒化──每天抓門的時間都不一樣，連想來叫幾次也全憑心情。有的時候，牠真的只是吃飽了，想要進來吹冷氣再睡一下；有的時候，牠又以五分鐘為單位瘋狂進出；有的時候，牠上樓叫我五、六次也不嫌煩；有的時候，牠根本忘記了我的存在，任憑我睡到天昏地暗，直到聽見樓上的水聲，才會慢悠悠地上樓來，坐在地毯上，搖著尾巴充當早安。

即使有時候覺得牠抓門的聲音很煩，但其實每天早上，賴在被窩裡的時候，我總是期待著那陣喀喀聲響起的時候。那總讓我覺得，我是被記得的、被在乎的、被愛的，有個人在等我起床，等著開心地跟我道早安，世界上還有比這更幸福的事？

在我離家讀大學的現在，牠只有假日才有機會當我的鬧鐘了。每個禮拜，看見我回家來，就是牠最開心的時候，因為第二天一大早，牠又能被縱容著，反覆地進進出出，直到我終於捨得起床，跟牠一起窩在沙發上吃早餐。在大學的年紀，如果跟朋友說，每個禮拜都會回家，總給人一種晚熟、不獨立的印

象,但如果說是為了回家看狗,每個人都會露出了然的神情,這或許就是毛茸茸的魅力吧?然而,如果每個禮拜回家的理由,是為了不讓狗失業,不知道聽見的人,又會做何感想呢?

我想告訴你

世事難預料

　　《紅樓夢》裡面提到寶玉跟黛玉兩個人的親暱，說：「既熟慣，便更覺親密；既親密，便不免一時有不虞之隙，求全之毀。」也許人跟人總是這樣的，有時候心裡愛著，嘴上偏又要假裝不在乎，唯恐被看輕，或是被當作理所當然；有時候倒是真想要把心裡的愛昭告天下，誰知道對方卻不領情，反倒把兩個人的氣氛弄僵了，真是「機心徒枉然」。人與人間的交往是如此複雜，有時真心，有時假意，有時弄假成真，有時真中帶假，而年紀越大越是如此，各種義務與責任纏身，被繁重的枷鎖壓的喘不過氣，縱有心思要與朋友共擲光陰，也會擔心這個，擔心那個，總歸沒法再跟小時候那樣，純粹的、快樂的，時刻與朋友玩在一起，無憂無慮。

　　或許，這就是我們總說貓狗能治癒人心的原因吧？面對牠們，我們可以卸下所有偽裝，用最純粹的愛去對待牠們，而後收穫同等的、純潔的愛。沒有利用、沒有算計，有的僅僅是人與動物，不可言明卻更加真實的羈絆。

　　我也是這樣對狗的。每當說起 Alpha，我總是很少加上「我的」這個前綴，寧願直接說牠的名字，或是乾脆直接說我家的狗。我們也早已放棄了那些寵物與主人的把戲，舉凡握手、趴下、等等，都已經是久未聽聞的詞彙，我們就只是兩個無憂無

慮的孩子，一起玩、一起發呆，甚麼算計地位都不在考慮範圍內。我們對彼此沒有任何期望，也沒有任何從屬的概念，因此我們是平等獨立的。

我們是家人。大家都習慣了彼此的存在，家裡也早就到處都留下了狗的生活痕跡。牠的用物與每個人的東西融洽地交織在一起，彷彿打從一開始，這個毛絨絨的成員就是家裡的一份子。習慣是好的，因為從習慣之中，我們生出了親密與安全感，能夠放下一切防衛，在彼此面前顯露最真實的一面，好的壞的，傻的瘋的，也能夠很自然地踏入彼此的舒適圈，一起睡，一起吃，甚麼都不用避諱。

可是壞也壞在習慣這一點。就像是長大之後，小孩開始對外頭的世界與陌生人更有興趣，開始敷衍起父母與手足，人與貓狗之間的感情，或許也終究會隨著相處而逐漸淡薄吧。雖然這是因為生活重心偏移而註定的走向，可這不也是因為我們算準了「家人」總是永遠在那裏的，不需要費力維持就能擁有的？

開始意識到我已經太過習慣牠的存在，是在高中一年級的時候。

那時，Alpha 已經六歲了，而這事實就如同驚雷一般，在某一天把渾渾噩噩的我劈醒了——我竟然已經把牠視為理所

當然的存在過了五年。有多久，我不再有事沒事便盯著狗看，對牠的每一個動作或回應大驚小怪，甚至拿起手機想方設法地偷拍下牠的可愛模樣？有多久，我不再花費一整個下午，滿心滿眼都只是牠，與牠一起玩、一起睡？

有多久，我注視著鉛字與螢幕的時間，早就多過於看著牠的時間？有多久，我只是很安心的、很快樂的、很理所當然的被牠所迎接，與牠一起生活，卻不再交疊彼此的生活？我是這樣習慣了牠的存在，並且天真地覺得牠會在那裏很久很久，因此毫不在乎地任由時間經過，總是覺得等有空了再停下來好好注視牠，也總不會遲的。

可是的確已經遲了。在我試圖填滿起這五年間的空隙時，發現我們的情感似乎也隨之變質了。

那是一種很奇妙的感覺，或許等到人再長大一點，對父母升起的，也就類似於這種感覺——心靈上還是近的，因為你知道最真實的你總會被全盤接受，可是你的心靈也在同時逐漸地走遠，因為你有了更多更需要關注與努力的事情，必須往外走去，把牠丟在家裡。雖然你時常在心裡悄悄對自己發誓，你要盡可能地撥出時間，好好陪伴牠、愛牠，但你卻常常食言，因

為你知道，牠永遠會等待著你，永遠會愛你，永遠不會對你失望。

也許，每個養過狗的人都會經歷這樣的轉變，也許，這只是我一廂情願的誇大與想像，也許，人生與時間就是這樣，長成的年輕人終究必須離家去闖蕩。然而，有時在出門上課前，看見趴在門口為我送別的牠，心裡也會升起充滿罪惡感的懺悔：你總是在這裡，我卻已經越走越遠了。那就好像是一種對我們關係的背叛，而我卻毫無辦法。

不知道 Alpha 會不會也有同樣的想法？不知道牠會不會因這轉變而困惑，而感到無所適從與寂寞？如果牠會說話，也許我們還不至於生疏成這樣，可是牠只不過是趴著假寐，跟著父親在家裡亂轉，等著一起出門散步，偶爾無聊的時候就自己去玩具盒選出一個玩具，咬到墊子上面甩著咬著，自娛自樂，對牠的寂寞隻字未提。

那也是我看慣的、和平的、令人心安的風景。然而世界上沒有甚麼是理所當然的，也沒有永遠不變的事物。人類尚且會因為時間而改變，何況是生命比起人類更加倉促的狗呢？並不是表面上看起來好好的，就沒有變化的，而命運便是選擇了最粗暴與可怖的方式，對我揭示了這一點。

※※※※※※※※※※※※※※※※※※※※※※※※※※

　　一開始，我只不過是想要彌補我對牠的冷淡，在星期天早上與牠一起賴在沙發上，重溫著久違的、只有兩個人的時光。牠一如往常地去玩具箱選了一只紅蘿蔔，咬在嘴裡，助跑幾下就躍上沙發，在我旁邊趴下，用兩隻小手抓著蘿蔔啃咬著，然後假裝不經意地分心，把蘿蔔掉在地上，暗示我撿起來，丟得遠遠的，而牠便如獵鷹一般疾馳而下，以迅雷不及掩耳之勢扼住蘿蔔，再踏著勝利的步子輕巧地轉身，跳上沙發享受短暫的勝利，過一會兒再度要我把它丟遠，繼續拋接的遊戲。

　　這是我們玩慣的遊戲。Alpha 從小便總是精力旺盛，不只因為紅貴賓的天性，優秀的基因一定也鼓勵著牠莽撞大膽的冒險性格──牠的母親如果用力一跳，可以靠著強壯的雙腿跨越六十公分高的圍欄──靠著這超群的身體能力，牠從能走路的那一刻起就一刻也靜不下來。為了寸步不離地跟著表姊夫，牠是兄弟姊妹中最早學會爬樓梯的，兩個禮拜大的時候就在梯階之間滾爬著。來到我們家後，牠也堅決不肯被圈入圍欄，床與沙發自然拘不住牠的腳步，就連房門都沒辦法──牠知道該怎麼用全身的體重推開房門，在巨大的聲響中一溜煙地跑下樓去。而在牠學會怎樣在沙發上來去自如後，牠便將拋接與之結合，

在普通的爭奪遊戲中加入越野元素：快速的跳躍與暴衝。我們已經這樣玩了好幾年，一點事情都不曾發生，因此我毫無多想，拿過玩具便不停地丟，一次又一次，直到這一次。在落地的剎那，牠並沒有繼續往前衝去，而是直接撲倒在原地，並且發出淒慘的嚎叫。牠蜷縮起來，不停地大聲哀號，我傻在沙發上，直愣愣地看著牠，還要等聞聲趕來的父母把牠抱在懷裡，安撫著牠，牠的叫聲才逐漸小了下去。

等到牠安靜下來，父親把牠放回地面，但我們很快地就發現情況有異——牠的左腳縮得高高的，弓起背部一跳一跳地走，掙扎著躲進了牠在琴椅下面的窩，然後重重地趴下，不動了。

到底是怎麼了？我們知道牠受傷了，但究竟嚴不嚴重？外表看起來一點事都沒有。而 Alpha 以前也時不時會在走路時突然哀叫一聲，垂下尾巴，一溜煙地逃到最近的窩裡縮成一團，但之後的行動也毫無窒礙。也許這次也是這樣，我們試圖樂觀地這樣想，決定暫且觀察到下午。如果不是這樣——拜託一定要是這樣。

事與願違。到了下午，牠還是病懨懨的樣子，徹底澆熄了我們笨拙的希望。牠仍然勉力試著移動自己，但左腿還是抬著，用彆扭的姿勢跳來跳去，雖然牠也試著像平常那樣四肢著地，

但只要一讓左腿支撐體重，牠就會發出吃痛的哀鳴，再度蜷起患部，灰溜溜地跳到桌底或椅子下面，垂著尾巴藏在陰影中。牠不吃不喝，因為沒辦法蹲下，這六個小時也未曾排泄。事已至此，我們不得不接受牠也許受了重傷的現實。我抽噎著上網查了星期天還照常營業的獸醫院，在門口目送著父母帶著牠出去。

送別牠出去後，雖然滿心都是後悔，但我也不能大聲地說出來，因為那樣就好像是在討安慰或原諒，然而需要安慰的絕對是 Alpha，絕對不會是身為罪魁禍首的我。

萬一牠從此之後都只能跛著，不能再自由地跳上跳下，也不能再到草地上奔跑⋯⋯。我胡思亂想著，抽了一張又一張的衛生紙，因為突如其來的變故而心慌意亂，只能責怪自己的不小心，並且拼命祈禱牠受的只是微不足道的小傷。

大幸與小運

聽見車庫開啟的聲音時，我立刻從電腦桌前起身，像 Alpha 平常做的那樣，快速地奔到門前，隔著門期望地看著外頭。狗蜷縮在母親懷裡被抱了進來，在被放到地上之後，又立刻拱起身子，一跛一跛地跳回牠的窩，窩成具有防禦意味的一團毛球。我蹲下去摸牠的背，小心翼翼地問父母，醫生到底說了甚麼？

「醫生說牠的十字韌帶斷掉了。」母親告訴我，然後對我轉述醫生進行的診斷。抵達醫院後，獸醫指示父親抱著牠照了 X 光，照了好幾張之後，兩個人在房間內解讀那些 X 光片。醫生說骨頭看起來並沒有狀況，但考量到牠的左腳無法施力，推測問題大概出在十字韌帶上，也許是因為用力過猛或角度不對而斷裂了，而這是遠比骨折更糟糕的狀況，因為骨頭可以自行癒合，但韌帶卻非得以手術介入不可。醫生也告訴父母，他們的醫院沒有辦法進行這種治療，不過給了我們兩家動物醫院的名稱和電話，要我們打電話去，問問看他們願不願意為 Alpha 安排手術。

這消息猶如青天霹靂。我坐在樓梯，注視著一動也不動的牠，腦中又轉起各種可怕的想像——甚麼叫願不願意開刀？萬一他們真的不要幫牠開刀怎麼辦？萬一開刀失敗怎麼辦？牠就要這樣一輩子一拐一拐的嗎？就不能再自由地跳上跳下了？

而這無數的可怕情景，又讓我想起早上那致命的一幕，後悔以排山倒海之勢向我捲來，將我一口吞沒——為什麼牠跳了那麼多次，偏偏就在這一次受傷？為什麼我剛好坐在沙發上，剛好想要跟牠玩？為什麼我不知道牠不再是不怕摔打的小孩，還陪著牠進行這種高強度的運動？

我斷斷續續地哭了好幾次，心裡滿是牠就要永遠殘廢的可怕未來。母親只好安慰我，說：「就算是韌帶斷掉，只要動手術也能復原的，妳看那些受傷的運動員，也沒有就都撐拐杖走路啊。」

父親則決定明天要再帶牠到固定看診的獸醫院去，聽聽另一個醫生怎麼說。雖然當時我覺得這只是另一種逃避，就像是求神問卜的人抽到壞籤，就決定再抽下一支的那種否認。不過，因為我也偷偷抱著這種期待，所以並沒有說甚麼。

※※※※※※※※※※※※※※※※※※※※※※※※

星期一，送我們出門上班上課後，父親就帶著牠到附近的獸醫院去。等不及回家的我，在群組不停地問著 Alpha 看醫生了沒？醫生說甚麼？在接近中午的時候，終於等到父親傳了一個長長的訊息來，說醫生讓牠試著在診療檯上走路，觀察牠的樣子，又摸摸牠的左腿，也重新照了 X 光，挑出幾張比較清楚

的細細檢查，發現牠的髖關節與股骨交接處的軟骨有裂痕，跟韌帶沒關係，不需要手術，只需每三天帶牠回診打一針，吃半個月的藥，進行連續兩個禮拜的療程，再配合限制活動，應該就能自行癒合。讀到這裡，我終於鬆了一口氣。

這簡直是天降的喜訊。從需要安排開刀變成自行癒合，從韌帶斷裂變成軟骨破裂，而且只要一個月就能再度蹦蹦跳跳，還有甚麼比這個消息更安慰。

然而當我們回到家，看見在地上蹦跳著的 Alpha，發現牠完全沒有想要按照醫囑好好休息的意思，我們就知道，牠的復原之路還很長很長。

※※※※※※※※※※※※※※※※※※※※※※※※※※

照顧受傷的狗，或許比照顧受傷的小孩或老人都還要難。畢竟他們至少聽得懂人話，可以用語言溝通，而且應該能以良知壓下狂野的天性，知道即使再不願意，也要暫且犧牲快樂，好好休養。然而，很可惜的，狗連「生病就要休息」這簡單的道理都不懂，事實上，牠就是那種毫無病識感、最難以溝通的棘手病患——在獸醫院挨了一針後，大概是因為藥劑有止痛作用，牠不再像昨天那樣，花費好幾個小時病懨懨地躺著，而是一回家便舉著左腳，彎成一個毛絨絨的拱門，繼續歪斜著脊椎

跳來跳去，甚至還幾番試圖爬上樓梯。父親中午時帶牠一同進臥室睡午覺，將牠放在床上，要牠好好休息，但要不是父親起得比牠早，及時抓住牠，牠就會在沒有人發現的時候，試著用三隻腳從床上跳下去。由於這些「惡行」，我們決定提高對牠的管制，絕不能讓牠繼續蹦蹦跳跳，把其他三隻手腳也都弄壞。

Alpha 現在的狀況就像是嬰兒，絲毫不能單獨被留在房間，也不能稍微移開視線，因為只要沒有人看著，牠就會像沒事人那樣，繼續用三隻腳蹦跳著去任何想去的地方。顯然這飛來橫禍並未打垮牠的意志，就跟偉大的尼采說的一樣：「凡殺不死我的，必使我更強大」，牠的堅毅果然更加強大，強大到我們必須祭出隔離保護措施，以防止醫生的醫囑被踐踏到體無完膚。

那四片塵封已久的鐵柵欄再度被徵用了。這次四片全都派上用場，在起居室圍成了一個隔間，父母把牠的日用家具——飲水器、軟墊、尿布、枕頭——全都擺設好之後，接著就是把牠也放進去。Alpha 在禁閉室內的第一天非常不快樂，眼神茫然且憂傷，以不像病人的力氣又哭又叫，對著來往的我們發出細碎的哀鳴聲，試圖博取我們的注意力。在發現一切皆是徒勞之後，牠甚至用上了以前叫我們起床的技倆——伸手抓柵欄，發出喀喀的聲音，想要用傷害自己的行為獲得同情，逃脫這個

監獄，更變本加厲地以絕食絕飲抗議，充分體現了「不自由毋寧死」的傲然風骨。但我們非常明白，只要牠一出籠，就會再度蹦蹦跳跳，所以我們只能溫言軟語地跟牠說道理，期待牠能聽懂限制行動的重要性：「你一出來就會蹦蹦跳跳，這樣腳不會好，所以不可以啦。」或是「忍耐半個月就好了。」然而牠卻還是能找到其他方法來表達牠的不滿——用三隻腳頂天立地站著，或是在有限的空間裡蹣跚漫步，總而言之，一點都沒有想要照著醫囑安靜不動，好好休養的意思。

　　幸好，過了幾天這樣的日子之後，Alpha 已經習慣了拘束的生活。不管是因為腳傷真的不舒服，因為心情不好，或是真的聽懂了自己現在不適合亂動的勸告，牠都放棄了掙扎與哭泣，乖乖地趴在地板上，等著偶爾被帶出去上廁所或睡覺。那個時候，牠才會打起精神，趁機踩著地板跳上幾步，就像是放風時間的囚犯，尾巴也開心地一直搖著，彷彿自由的空氣真的如此甘甜。

　　偶爾，我也會打開籠子，搬一個矮板凳，進去陪牠一起關禁閉。牠會讓給我一個角落，枕在枕頭上，微微地露出肚子，讓我輕輕地愛撫牠。在受傷之後，Alpha 變的比較親人，更需要人的陪伴，看見有人起身經過便會搖尾巴，彷彿是需要隨時

被關注與愛著的小孩。我摸著牠，看著牠，希望牠能夠感受到我對牠的愛意。

在我們都準備離開的時候，就會把牠抱出來，一起帶去目的地，而那就是牠最開心的時候。牠總是會支撐著站起身來，抬頭搖著尾巴，眼睛裡閃爍著希望的光輝，彷彿在讚頌比愛情與生命更加可貴的自由。我會去房間取一本書，然後再把牠抱到客廳，放在牠最喜歡的扶手上，跟牠窩成一團看書。雖然牠只是趴在那裏，跟在籠子裡也沒有甚麼區別，但牠卻看起來放鬆了許多，也許就跟人說的一樣，這是一種感覺的問題。

我一邊用眼角餘光監視著牠的動向，深怕牠又趁著不注意的時候跳下沙發，一邊翻閱著《歐卡桑的尖嘴兒子》。茂呂美耶家的喜樂蒂牧羊犬 Toro 可愛又優雅，雖然照顧的重責大任都落在她肩上，但也因為有 Toro 的存在，她的生活才更加繽紛多彩，也讓她更關心狗的生活、習性，乃至人與狗之間的關係與法律。對她來說，與狗的邂逅，一定是生命中發生過最美好的事情吧？而人或許也都是這樣，總是需要一個契機，才會開始看見，進而在意，最後努力地去改變。

在〈寵物也有星座算命？〉一文中，她提到因為養了狗，平常不信星座運勢的她，竟然也跟風買了一本題為《What Sign

Is Your Pet?》的書，並在文中照著記憶，一一列出十二星座的性格特徵。這本書的作者是一位獸醫，在收集大量貓狗性格資料後，與牠們的生日交叉對比，終於歸納出狗狗十二星座的基本性格。我不由得也被勾起興趣，找到水瓶座的敘述細細看著：「最活潑的一群，幾乎每天都在活動」。雖然茂呂美耶在文末追述，目前在網路上，已查詢不到這本書的相關資訊——大概是因為太過荒唐的緣故。可我卻覺得這簡直是我看過最準確的星座算命了——不然還有怎樣的狗會在腳受傷時還堅持亂走亂跳，甚至還覺得自己能夠爬樓梯，好像根本沒有受傷？

「你看看，這就是在說你。」我把書推到牠面前，要牠好好反省，然而牠只是繼續趴著，轉過頭去，一點都不願意正視現實。嗯，古靈精怪，不願承認錯誤，多麼水瓶座。

復健生活

人是習慣的動物。在 Alpha 受傷兩個禮拜後，我們從最一開始的手忙腳亂，逐漸回復了波瀾不驚的正常生活節奏，習慣了狗已然成為我們家的中心，我們則必須整天繞著牠打轉——每個人都必須輪流守望牠，深怕一個眼錯不見，牠就又趕著傷害自己的腿。每個人也有了自己的職責——我負責把牠從籠子裡抱出來，讓牠乖乖地跟我在一起，母親要拿著飲水器到牠嘴邊，哄騙牠多喝水，在天氣轉熱之後，又從儲藏室翻出了一個箱扇，牠躺到哪裡，風扇就移到哪裡。父親則負責帶牠回診、吃藥跟小便，還在看診回來的那個下午，就騎車到寵物店買了一盒葡萄糖胺，每天餵牠吃一包，說吃了就能保護、滋潤關節。

現在，我們還是不能賴床，但這並不是因為牠堅持繼續當個鬧鐘，而是因為牠會在醒來之後，隨時決定跳下床去。我們實在擔心牠會趁著我們睡著的時候再度嘗試一躍而下，而使自己的傷勢更嚴重，甚至讓另一隻手或腳也斷掉。因此賴床時間全面禁止，只要人醒了，狗也醒了，那就必須全都起床，一個人在梳洗的時候，另一個人就必須坐在床上監視狗的動向，最後一家人浩浩蕩蕩地下樓去吃早餐，就像是在行軍一樣。

我們也變得少出門了。假日的公園散步行程當然無限期暫停，但就連出門逛街、吃飯，也都必須暫且忍痛割捨。畢竟我

們都不放心讓牠一個人在家裡——放在圍欄裡就哭，放在外頭就跳，總而言之，不太可能發生甚麼幫助傷口癒合的好事。我們就像是一個養在盒子裡的星系，狗是太陽，而我們是三顆行星，整天繞著牠打轉，繞到暈頭轉向，不知道甚麼時候能夠停下。

※※※※※※※※※※※※※※※※※※※※※※※※※

然而，一直關在家裡，不僅對病人的心情沒有幫助，對我們的心情也沒有幫助。這時候，我多少體會到了 Alpha 被關在圍欄裡的心情——煩躁、靜不下心、看甚麼都不順眼。星期六，我終於無法再繼續忍受這等乏味，好不容易以帶著狗出門散心的理由，成功說服父母搬出牠的寵物推車，帶著牠到公園去放風。

很久沒有出門的 Alpha 跟我一樣興奮，從聽到車庫開啟的那一刻，就在圍欄裡站起來搖尾巴，跳著小碎步，以所有肢體表達著牠的喜悅與期待。我把牠抱起來上了車，但牠就連在車上也不安分，還是那樣跳著走來走去，甚至還想要像從前健康的時候一樣，經過排檔走到副駕駛座去，用兩條腿站起來，兩隻手撐著車窗看外面的風景。我手無縛狗之力，只好叫母親也來幫忙，兩人一左一右，把牠包夾在中間，一路上不停的勸誘

牠乖乖坐在軟墊上，試圖用手按著牠，阻止牠繼續跟活跳蝦一樣蹦蹦亂跳，在約莫五分多鐘的抗戰後，牠也許是累了，也或者是生氣了，忿忿地掙脫我們的手，在枕頭上窩成一團，不動了。

好不容易順利抵達公園，把牠放進了推車裡。本來很擔心牠會遵從一貫的興趣：從高處跳下去，但牠卻意外的乖巧，乖乖地坐在車裡，看著前方，任由我們把牠推來推去。

我們順著步道緩緩前行，一路上也遇見了好幾隻狗。雖然有一、兩隻也坐在推車裡，但大部分的狗仍然被牽繩繫著，靠自己的腳移動。不知道 Alpha 會不會羨慕？半個月前，牠也是牠們之間的一份子，總會花上四十分鐘繞公園走上兩圈，把無處發洩的精力都燃燒殆盡，而現在牠卻坐得高高的，只能看著其他狗享受跑跳。

經過圓環的時候，看見幾個飼主並肩坐在石椅上，一群貴賓則在腳邊互相交際，互相嗅聞，或是你追我跑，看起來其樂融融。而人類們則帶著驕傲與親愛的口氣，與對方分享自己的貴賓平常在家裡的生活，時不時還會得到一片附和。

那副景象實在很美好，由不得讓人會心一笑。聽說在二十多年前，台灣曾經有一段時間，為了處理流浪狗問題，竟由政

府帶頭，以各種不人道的方式，諸如活埋、電擊、水淹、焚燒等野蠻方法撲殺流浪狗，甚至驚動了德國媒體來台採訪，並認為台灣有如中世紀國家，害怕狂犬病到如此地步，竟然不是以教育民眾為優先，而是急匆匆地以有限的人力與時間進行草率處理。之後，在 2013 年，台灣推出了名為《十二夜》的紀錄片，報導流浪貓狗在收容所內的悲傷末路——若在十二天內沒有被領養，這些動物便只能被安樂死。這部片成功地吸引了人們的注意，將「以領養代替購買」的態度深植人心，也喚起一波波對流浪貓狗的關注。兩年後，台灣也修訂了《動物保護法》，廢除收容所安樂死的規定，並於 2017 年開始實施。而現在，人們不僅會帶著狗狗出門散步，也聽說坊間開設了動物學校，寵物店裡的樓梯、推車、衣服等寵物專用用品，也時刻不停地推陳出新，美容沙龍、寵物旅館、寵物友善餐廳也都紛紛成立，甚至還有寵物蛋糕店！過了二十年，台灣人對動物與寵物的態度確實有長足的進步，終於脫離了「黑暗時代」，迎來明媚的新生活。如果小黑生在當今的時代，或許也能成為備受寵愛的寵物也不一定。

然而，這份美好的心情並沒有持續多久。走到水池旁邊的時候，路過一個牽著一隻柴犬的年輕人，原本我正欣賞著牠美麗的毛髮，但卻突然聽那男生怒喊了一句：「你竟然咬我！」

接著竟然蹲了下去，低頭瞪著那隻柴犬，用體重去壓制牠，把牠整個翻仰過來，死命的用雙手去掐牠的脖子。柴犬扭著身子，張嘴試圖咬住那雙手，卻掙扎未果，只是讓那雙手收得越來越緊，還伴隨著越來越多的咒罵。最後，因為圍觀的人越來越多，還有一位女性出聲喝止，那個年輕人才站了起來，悻悻然地拉著柴犬離開。

圍觀的人們逐漸散去，而我們也繼續邁開腳步，但說的都是那隻柴犬。

「那隻狗回家應該也會被打吧。」母親說，伴隨著一聲嘆息。

「不知道牠會不會咬他。」我說，可是知道就算會咬也沒有用──人就只會更用力的打牠，就像是個沒完沒了的迴圈，兩方爭鬥到筋疲力盡，帶來的卻只有毀滅與傷害，生不出溫暖或愛。

為什麼那樣的人也會養狗呢？回家的路上，那隻柴犬被壓制在地的畫面，一直在我腦中盤旋著。如果不把狗當成夥伴，那為什麼要養牠呢？雖然透過報導，我知道現在的社會裡，還是存在著以傷害貓狗動物為樂的人，但實際看到，卻又是另一回事了。

不知道欺負自己家的狗，有沒有法律可以管呢？雖然縱使有，要認定或舉報應該也很困難吧。難道動物們就只能自求多福了嗎？

然而，我也想到那些暢談著自己家裡「犬子」的人，那些同樣駐足，用眼神甚至是話語阻止那個男生的群眾。也許，我們也不需要太過絕望。至少絕大多數的人，都已經把狗當成家裡的一分子，談起牠們就跟談起孩子一樣驕傲又得意，也願意為了牠們花費金錢，治療、梳洗、添購用物。或許，在不知何時會結束的十二夜後，我們終將迎來第一個黎明，人們不再欺凌動物，不再視牠們為呼之即來、揮之即去的玩具，也不會是膩煩了就隨意丟棄的禮物，而是把牠們真切的視為新的家人，接納與之而來的新生活，一同面對即將到來的種種生活的酸甜滋味。

坐在後座的狗把自己伸成長長一條，把頭枕在我的大腿上，半瞇著眼睛，不知道在想甚麼。牠能不能感應到那隻柴犬的心情，或是明白牠帶著喘息的喊叫中蘊含著怎樣的訊息？不知道牠能不能理解剛剛那可怖的狀況，會不會因為第一次看見人類的殘暴而震驚？

不知道 Alpha 在我們家生活的快不快樂呢？聽說狗能夠嗅聞出人的情緒，那牠們是不是也能精準的聞出愛，即便它有時虛無飄渺，有時看似拘束，像是偽裝成毒藥的蜜糖？

我順著背脊摸牠的毛，希望能把心中複雜的感情都傳遞過去。而牠便改為側躺，一言不發的任由我摸著牠。

※※※※※※※※※※※※※※※※※※※※※※※※※※

晚上才十點多，牠就在圍欄裡面坐立難安，抬頭看向每個進出的人，流露出想要上樓睡覺的訊息。於是我便把牠抱起來，上樓進了房間，放在床上，然後趴在牠旁邊，專心地看著牠，就像五年前一樣。Alpha 舒舒服服地側躺著，閉起眼睛，完全不受我的視線干擾。唉，牠知不知道這半個月來，我們是怎麼被牠弄得心神不寧？

可是，或許這也是另一種幸運。若不是因為這意外的傷，我們也許永遠不會體會到時間的無情，與世界的難以預料，當然還有我們是多麼在意牠、愛牠。

我親親牠，向牠道晚安，希望牠快點康復，然後我們一定會有更多時間，一起做更多美好的事情。

致想養狗的人

「哇！」我扶著牆壁驚魂未定，值得欣慰的是，Alpha 一聽見我的叫嚷，就立刻一路叫著跑來我身邊，抬起頭直勾勾地看著我，試圖搞清楚究竟是甚麼能讓人如此驚嚇。這實在是很貼心的舉動，除卻牠就是那個始作俑者以外——我把那顆埋伏在室內拖鞋旁的橡膠球一腳踢飛，正準備數落送上門來的牠，就看牠興奮地往球滾走的方向追去，在冰箱旁邊攔截了它，得意地叼起來，開開心心地踏著輕快的腳步凱旋歸來，在我面前放下，抬頭看著我，要我繼續把球丟到更遠的地方。

我嘆氣，彎身伸手去戳牠的臉。牠往後躲了一下，體會到我沒有跟牠玩的心情，就咬著球一溜煙地跑走了，似乎完全忘了一開始是來關心我的。我還能怎麼樣？也就只能摸摸鼻子，自認倒楣。

不知道該說幸或不幸，在狗入住家裡之後，我們幾乎已經習慣了這種事情，因為狗無論長到幾歲，都還跟需要人照看的幼兒沒甚麼差別，你不會奢望牠在這些年間終於建立了好習慣，只會逆來順受地養成追在後面為牠收拾殘局的慣習。明明我們已經拿了一個紙箱做牠的玩具盒，把牠的球、填充玩具、繩結都收在裡面，期待地板能從此維持整潔美觀，可我們還是太天真了。Alpha 知道那是玩具的家，那又怎麼樣？牠可一點都不

在乎物歸原處，只知道走到它旁邊，低頭撿選今天喜歡的玩具，咬回到牠的某一個窩，或是咬到我們身邊，要我們陪牠玩搶奪的遊戲。然而牠又是最喜新厭舊的狗，一個玩具玩了一會兒就會膩煩，非得去箱子裡又拿新的一個來，原來的那個就棄若敝屣，隨便亂丟。不到一個小時，地上就埋伏著各式各樣的玩具，等著把走路不長眼的人絆一跤，於是就有了開頭的那一幕。

牠是鐵了心不收拾的，我們也只能不情不願地負起責任，把它們全都撿回盒子裡（而且要悄悄的，不能被牠發現，因為牠會以為這是新的遊戲，過分熱情地再度快速把回家的玩具都翻出來，加速這個惡性循環）。我們就像是薛西弗斯，每天都做著一樣的事，卻徒勞無功，有時候還會差點被掉下來的石頭絆倒。

往好處想，至少狗會一直都很可愛，不像小孩。把真心託付給狗是安全的，永遠都不會心碎，至少，在你還沒跌倒的時候都不會。

※※※※※※※※※※※※※※※※※※※※※※※※※

跟一隻狗一起生活，有許多附加的好處，充滿耐心是一個，開拓眼界是另一個——你的一舉一動都會像是剛開始追星的狂熱粉絲，對一切相關的主題與物品都充滿興趣，同時害羞與尷

尬也會從靈魂中蒸發，只要話題圍繞著狗，你就是最健談熱情的講者，說起話來就像是剛獲得孫子的祖父母那樣，鉅細靡遺地從你的狗一天吃幾餐到最喜歡的玩具都一一說明，末了還會得寸進尺地拿出手機展示照片，帶著熱烈的笑容期待對方進行讚美。

當然，在生活中遇到同好並不那麼容易，因此許多人會轉向書籍或電影，放任自己沉浸在情節之中，並且隨著人狗之間的羈絆哭的一把鼻涕一把眼淚——就算你一開始哭不出來，只要代入你和你的狗到故事裡去，那你鐵定就會開始起身尋找衛生紙了。狗就是有這種魔力，能夠讓你自願地搜尋一切有關的事物，貪婪地吸取著，並且變得更加易感。

《還來得及說愛你》這本書的作者，人生也因為養了狗而劇烈地轉了一個大彎。霍金斯夫婦在疼愛了十四年的德國牧羊犬離開後，毅然決定投入寵物中途救援工作，他們是完全的新手，憑藉的唯有一股傻勁，還有對德國牧羊犬的愛意。他們在這許多年中，持續不斷地與許多陌生的生命相遇，照顧牠們、了解牠們、送走牠們。雖然有害怕、疲憊、心痛的時候，但也有欣喜、欣慰、充滿希望的時分。他們所能得到最好的回報，不過是素昧平生的狗的信任，還有為牠們找到好人家的放心，

卻為此財務吃緊，分身乏術，可即便如此，他們也不願意放寬對收養家庭的標準，種種繁複的測試，都只為了讓最速配的人與狗相遇，共同展開一段有愛的新生活。這本書紀錄的，就是每一隻被他們拯救的狗的故事。

翻過每一頁，心情就跟坐雲霄飛車一樣，因為善良人們的付出而感動，也隨著狗狗悽慘的待遇而心痛。然而整體來說，這還是一本處處洋溢著溫暖與希望的書。也許這就是狗的魔力吧，只要一跟狗狗有關係，無論是甚麼作品，都能充滿溫柔與治癒的力量。

其中這段話，大概只要是養過狗的人都能體會：「對一個負責任的飼主來說，狗帶來的不僅是一種陪伴、一股運動的動力、更是一種享受與歡笑。牠們充實了許多人的生命。」好幾年前，我曾經只能在腦海裡養一隻不存在的喜樂蒂，現在，我卻無法想像每天睜開眼睛，看不見一團毛絨的樣子。就算牠甚麼都不做，只要看到牠躺在地板上，也會感到安心。也是因為牠，我才會注意到這些以狗為主角的文學或電影，注意到其他人與狗的關係，也學著如何在普通的生活裡找尋值得珍惜的美好瞬間。這種種的改變，都是因牠而起。

　　然而，在此我要忍痛打碎極想養狗的人的美好幻想，轉而訴說你在養狗廣告裡絕對看不到的黑暗現實面。對一個負責任的飼主來說，有一隻狗在身旁，誠然會獲得許多歡樂與幸福，但同時也要做好相應的準備。所謂的決心，切勿停留在為牠撿起排泄物這種程度，而要到願意付出時間、金錢與精力，並且堅定地包容牠可能惹出的各種麻煩，繼續無私的愛牠的等級。你要願意付出相應的時間以及金錢——定時帶牠去公園繞上一兩圈、每個禮拜送牠到寵物店洗澡、一個月修一次毛。預防針與避蟲藥也是不小的開銷，飼料、尿布、玩具、用品，種種東西都需要大把的錢，養狗就有如養一個孩子，如果你不願意為狗付出等同小孩的犧牲奉獻，那麼你或許還不適合養狗。

　　如果以蛋糕來比喻生活，狗不會是上面鋪就的可口鮮奶油或是巧克力裝飾，而是更基礎的原料，就像是烘焙粉，只要一加下去，整個甜品的性質都會隨之改變。狗將會為你的生活帶來翻天覆地的變化，方方面面，想到想不到的，好的壞的，你不能掌握，卻必須接受。牠們就像是潘朵拉的盒子，在打開之前，你不知道牠們的個性如何，會和你建立怎樣的連結；在打開之後，會有讓你心醉神迷的，卻會伴隨著令你煩躁生氣的前來，而這就是養狗生活的常態。唯一能確定的，就是你雖然會五味雜陳，卻永遠不會失去希望。

　　而且，馴養關係是雙向的，這一點請銘記在心。當你馴養一隻狗，牠同時也馴養了你，並沒有絕對的主從。養一隻狗只是多一張嘴的時代已經過去了，把牠們綁在門邊、鎖在籠子裡的時代也已經過去了。狗並不是一件擺飾，等待你心情好的時候，或是有空的時候才偶爾伸手摸幾下。

　　你將擁有最溫暖無私的陪伴，也將會有許多與牠一起歡笑玩鬧的時分。牠是你最堅強的後盾，會在你難過的時候安慰你，也會在你被打雷驚醒時，與你貼成一團。牠可能會惹你生氣，在牠瘋狂吠叫的時候，你甚至可能會崩潰到想打牠，也會在牠抱著你的大腿不停擺腰的時候手足無措。然而，當這些時刻逐漸褪色，成為記憶櫃中的收藏，它們卻又會成為甜蜜的笑談。

　　在真正擁有一隻狗之前，沒有人能確定，牠究竟會為生活帶來多少又多劇烈的改變，但可以確定的是，你一定會大開眼界。有了牠之後，你的眼神會回復純淨，有如剛剛呱呱墜地的嬰兒。僅僅是由於一隻狗，生活便會恢復成充滿奇趣的樣子，每一天，都會是新的冒險，每一天，都有新的視角等你發現。在你看見牠瘋狂奔跑以至於前滾翻一圈的時候，你看見的是生命的活潑與美好，並且會為此無憂無慮地歡笑。你會擁有一個新的家人，而牠會用一輩子來陪伴你，至死不渝。

　　而我希望，在抱回一隻狗之前，你已經下定決心，擁抱所有的不確定性，在心裡宣誓，你也會同樣愛牠，至死不渝。

葉落才知秋

　　最近，Google 相簿的應用程式，新添了回顧的功能。只要在這週或這個月內曾經拍過照片，程式就會自動整理出一個動態回顧，供人一張張翻閱。其中當然不乏狗的相片，因為我總是對牠毛絨絨的模樣毫無抵抗力，就連牠懶散地趴倒在地的模樣，都能讓我拿起手機，像是狂熱的粉絲，隨手拍下好幾張見慣的姿態。這一張牠看起來一蹋糊塗，像是雜亂毛團的照片，是九年多前的；那一張耳朵上綁著「福」字跟鞭炮裝飾的，是牠三年前剛從寵物店回來拍的；還有這張，禮拜一剛拍的，牠趴成一長條陷在棉被裡，像是在模仿隔壁的花園鰻抱枕。

　　也許，人之所以喜愛拍照，並不是為了留存當下的美好，而是為了有朝一日用以對照如今，以此才真正深刻地理解了時間，發現自己已然走過如此多，改變如此多，而這道理也同樣適用於狗——沒有任何一件事，能比看見狗的一張張照片，更讓我意識到牠的改變，以及老去。光看牠整天活蹦亂跳，跑上跑下的樣子，是不會意識到，牠如今已經是十歲的成犬，不是那個毛髮糾結、毛色極深，亂成一團的小狗了。

　　我們總是對於身邊人的老去一無所知，一部分自然是因為天天見面，改變不那麼明顯的緣故，可誰又能知道，是不是同

時因為意識到衰老，是一件太痛苦的事情，所以才故意視而不見？

※※※※※※※※※※※※※※※※※※※※※※※

　　端午節連假，我們帶著 Alpha 一起，一家人浩浩蕩蕩地抵達阿姨家。母親留在廚房，陪阿姨解著粽子，一邊交換任何有趣的近況，兄弟姊妹相見，大概都是開心的，就連狗也不能例外──牠的腳才碰到樓梯，就興沖沖地一次跳上兩階，往熟悉的客廳衝去，牠知道牠的哥哥跟姊姊都在那裏。

　　我跟在牠後面上了樓，卻沒有看見牠們聚在一起的熱絡景象。表姊坐在沙發上無聊地看著電視，兩隻嬌小的貴賓安靜地趴在她身邊的毛毯上，像是作工精細的高級娃娃，那副優雅冷靜的樣子，十足體現了牠們身為貴婦人玩賞犬的漫長血統。相比之下，一進門就這裡聞聞，那裏嗅嗅，還趁機把碗內的飼料全都囫圇吞下的、體型是牠們兩倍大的 Alpha，看起來簡直像是第一次進大觀園、把整桌的菜都嚐了一遍的劉姥姥。

　　「妳還買樓梯給牠們走，這麼『厚工』！」父親對於沙發旁擺著的海綿小階梯嘖嘖稱奇，畢竟我們家的狗蹦跳的厲害，在受傷之前，從來都不需要甚麼輔助。

「沒辦法，牠們年紀大了，關節變不好了。」表姊說，摸著哥哥的頭。這時 Alpha 已經吃完了兩碗飼料，終於決定去看看好久不見的親戚，於是喀喀地踏著輕快的腳步，自來熟地奔上了階梯，湊過去聞牠的手足，只是牠們都沒有想搭理的意思，甚至還發出了低低的威嚇聲。可憐的弟弟只好摸摸鼻子撤退，在經過茶几的時候偷了一個香蕉玩具，走到父親旁邊趴下，把那個玩具當成假想獵物，又甩又咬。

「牠們才幾歲，就這麼『袂堪得』。」

「牠們十二歲了，真的開始退化了。」表姊嘆了口氣，把哥哥抱到腿上，摸著牠褪成白色的、稀疏的毛。明明也才比 Alpha 大上兩年，怎麼會差這麼多？

「上次帶牠們去給獸醫打針，醫生說牠們的眼睛已經開始白內障了，就跟老人一樣。」

「狗也會白內障啊？」父親問，瞇著眼睛打量哥哥，似乎想看出一點端倪。

「會啊，而且紅貴賓又特別容易，這是牠們的遺傳啦。」表姊頓了頓，突然提起 Alpha 的媽媽。

「你們知道嗎，牠們的媽媽已經瞎掉了。」

「牠的眼睛已經變成白色的了，根本完全看不到，可是還能在家裡跑來跑去，好像完全沒瞎掉一樣，很厲害吧？而且還是活蹦亂跳的，跟以前一樣跳過圍欄也沒問題，會趁他們不在的時候偷跑進客廳，站起來去聞桌子上有沒有東西可以吃呢。」

表姊嘆了口氣，看著自得其樂的 Alpha，突然說：「你們家的弟弟還是很年輕呢，飼料也吃好多，我們家的現在都不想吃飼料了，還要一顆一顆的拿在手上餵，才會隨便吃幾粒。現在也不玩玩具了，就只是趴著，也懶得叫了。」

從樓下上來的阿姨聽見這段話，就接過話頭，說起這兩隻狗如何讓人勞心勞命：「這兩隻挑嘴的要命，甚麼飼料都不吃，零食也不吃，前幾個禮拜有人跟她說，燕巢有一家專門賣牛肉的觀光工廠，我還特別開車載她去買好幾塊冷凍牛排回來，煎給牠們兩個吃，牠們現在就只吃那個。真的是『扶挵』！」

「吃那麼好，我們家的有飼料吃就很開心了。」母親說，寵溺地看著把香蕉甩飛之後，立刻跳下去咬回來的狗。

「弟弟那麼喜歡吃這個飼料，乾脆就給牠帶回去吃好了，反正我們家的也不吃。」表姊說著，一邊站起來，很大方地把飼料跟一些零食都裝進大塑膠袋裡，放到母親的包包旁邊。

「有好多東西吃啦，來，說謝謝。」父親開玩笑地說，抓著狗的手，要牠向表姊道謝。

Alpha 只是不開心地抽回手，繼續瘋狂甩咬牠新發現的茄子。表姊用柔和的眼神注視著牠，就像是在看已然失去的、珍貴的事物。

我想告訴你

　　狗真的老了嗎？我看著趴在地上啃咬巨大西瓜抱枕的牠，試圖從最平常的樣子裡，看出一些端倪。我知道這是自虐的想法，畢竟跟朋友一起去電影院看《為了與你相遇》的時候，我從半途就哭得唏哩嘩啦，對一隻虛構的電影狗尚且如此，想像自己心愛的貴賓不再活蹦的樣子，毋寧是一種自殘──現在我就覺得自己的心口像是被魘住了，隨時都會像是十八世紀的維多利亞仕女一樣因為缺氧而昏厥。

　　除了兩只耳朵下緣的毛都已經泛白以外，似乎沒有更重大的徵兆可以證明，牠跟三歲的牠，或是五歲的牠有甚麼分別。當然，十歲是無可反駁的客觀事實，只是看著體力充沛的牠，興沖沖地咬著比自己還大的抱枕，將它當作獵物那樣狠狠扼住，瘋狂左右甩動的狗，再看看牠自青春期以來就絲毫未變的體型以及聲音，很容易會誤以為牠還是那隻傻呼呼又貪吃的幼犬。

　　雖然，經過了那場意外之後，我們都非常清楚，牠確實已經老了──牠緩慢的痊癒就是另一個隱晦的暗示。醫生原本信誓旦旦地保證兩個禮拜就能痊癒，接著又是兩個禮拜過去，在滿一個月後，他終於不情願地承認牠需要更久的時間，而牠再次邁開四隻腳奔跑，已經是兩個月過後的事了。

Alpha 就跟從沒受過傷一樣，好了傷疤忘了疼，一康復就又像是兔子那樣，撒開腿亂跑亂跳，無拘無束，在家裡來回走動，彷彿要把這兩個月來的量都補足。不過牠也確實有些地方變了——變得更加黏人，更加撒嬌，幾乎完全符合了我們對貴賓犬的刻板想像。意思就是，牠已然習慣了我們對牠無微不至的關懷，並且理所當然的期待它會延續下去。比如，牠現在還是期望我們哄牠吃飯。這幾個月來，牠在早上的胃口大大的減退，就連西莎罐頭也引不起牠的興趣，在心情非常不好的早晨，牠甚至會用鼻子去頂弄牠的鐵碗，彷彿要把裡面的東西都翻出來。牠是不會自己吃的，要等到某個人——通常是我——認命地拉過矮凳，坐在牠身旁，把碗一再地拿到牠面前哄牠吃飯，牠才會勉強地分好幾次吃完。喝水也是一樣，飲水機就在那兒，可是牠更喜歡母親一邊叫牠喝水，一邊拿著水瓶，坐在牠的枕頭旁邊，讓牠趴著悠然地舔舐。

樓梯雖然再度向牠開啟，牠卻已經懶得靠一己之力上下，而是走到我們前面，站在樓梯口，用可愛的神情示意牠想上去，要我們好心的把牠抱起來，送牠一程：我們是三隻忠誠的駝獸，依照牠的心意成為人力電梯，運送著牠，使命必達。

　　任何人看到牠這種過分的撒嬌，大概都會說我們把牠寵壞了。母親則有自己的另一種解釋，說牠這是用上了「退化」的防衛機轉，就是個仗著生病便耍賴討愛的孩子，想要所有的關注與照顧。這兩個說法我倒是都能夠接受，甚至希望事實就是如此，而不是跟父親某天早晨的玩笑話一樣：「你跟你哥哥越來越像了。」那時 Alpha 正舉步逃離飼料，貫徹著近期才確立的禁食教條。

　　稍晚，在吃完早餐之後，我搬過板凳，跟牠擠在一起，捏著飼料一顆一顆的餵牠。牠優雅地咀嚼好幾口才吞下，就像是牠的哥哥一樣。我甩甩頭，試圖把牠哥哥落毛蒼白的樣子從心裡趕走。不是都說紅貴賓能夠活十幾歲甚至是二十歲嗎？牠才十歲，怎麼可能跟老這個字沾上邊？

　　※※※※※※※※※※※※※※※※※※※※※※※※※※※

　　父親說要帶牠去給獸醫打預防針，不知道為什麼，我突然十分不願同牠分別，因此也跟著去了。進了醫院，不見醫生也沒有客人，只有櫃檯的小姐坐在那兒滑手機。她抬頭看見我們，說獸醫在樓上，要我們等一會兒，然後自己提起話筒，按了幾個鈕，給獸醫打了一通電話。我無聊地把 Alpha 抱在懷裡，帶牠看角落掛著的衣服、牽繩，還有紙箱裡的零食與罐頭。平常

出門總是興奮又好奇的狗，今天卻沒有心思到處嗅聞，只是在我懷裡攤成一個無骨的毛球，以驚人的重量折磨著我的雙臂，這大概也情有可原，畢竟牠是聰明的狗，知道獸醫院裡從來都不會發生甚麼好事——在看見獸醫的那一瞬間，牠甚至開始發抖了，我就像是抱著一個小型按摩器，整個肚子都被震得酥酥麻麻的，忍不住想笑，又必須極力忍住，才不會引來小姐詭異的眼神，同時因為脫力把牠摔到地上。

打完針的狗立刻不抖了，乖乖地變回了頗有重量的絨毛玩偶，任我抱著等父親付錢。就在這時候，櫃台那個對照人狗年齡的輪狀表格，突然躍入了我的眼簾，就好像是某種天啟。我鬼使神差地望去，想從中得到某種安慰，某種能夠證實十歲對小型狗來說，只不過才是人生一半的撫慰。

——然而，在小型狗那欄，十歲那一格上，明晃晃地標明著「五十九」，而輪盤甚至在十五歲的地方就結束了。五年，甚至不是再一個十年。

我撇過頭，就像是初見死亡的幼童一樣，因為太過震驚，因此便毫不猶豫地視若無睹，把牠抱去看罐頭，問牠想不想吃。牠只是乖乖的讓我抱著，有力的心跳與平穩的呼吸隔著衣袖傳了過來。

※ ※

　　晚上，我把牠抱進房間，讓牠在床上著陸。牠十分自然的往牠的毛毯走去，打滾一圈之後，卻果斷地拋棄牠的被窩，以堅定的步伐爬上我的棉被，埋頭用力抓了好幾下，才像是洩了氣的皮球——或說像是壓醬菜的石頭那樣——死死地壓住我的被子，小小的身體就這樣佔領了整張床的正中間，一點都不在乎我應該睡哪。

　　「你起來。」我伸手推牠，而牠卻死賴活拖，一動也不動，似乎鐵了心要當個可愛的路障。我毫無辦法，只好動用蠻力，直接把牠抱回毯子上。牠用不開心的眼神瞪我，忿忿的窩成一團。

　　我躺在床上，滿腦子都是狗與虛無飄渺的未來。從小我就有這種毛病，睡不著的時候，就會忍不住想到未來，但想的卻是時間如何匆促而無意義——今夜閉上眼睛睡去，明天醒來又是新的一天，如此循環往復，生命一眨眼便失去了，像是沙子一樣，快速而虛無地自掌中落下——因此我總是害怕死亡，也害怕失去身邊的每一個人。我害怕改變，不願意長大，但心知永恆也會使人發狂。

而我不免便想到 Alpha。牠會以比人類更快的速度老去，而許多病痛也會降臨在牠身上：牠可能會跟牠的媽媽一樣，雙眼會逐漸發白最終失明，可能會跟哥哥一樣，落下美麗的毛皮，病懨懨地待著，再也不能蹦蹦跳跳，一受傷就難以康復。最終，牠會跟其他的狗狗一樣，有一天便消失在我們家⋯⋯想到這裡，我不禁跟牠一樣縮成一團。

人們都說，逃避死亡是沒有用的事情。越逃避就會越敏感，越敏感就會壓力更大。死亡是自然的事情，你要接受。狗比人早死也是自然的事情，並不是你不想要就不會發生的。這些都是客觀且正確的事實，可是同時也十分的冷酷無情──這些道理我何曾不懂，甚至在沒有狗之前，或許也曾這樣輕浮地說出口過。然而，在面對親愛的人的死亡時，又有幾個人能心懷這種正論，而不被悲痛動搖？

想像死亡，也是沒有用的事情。即便在想像裡描摹了幾百次、幾千次的告別，自以為在一次次的模擬中做足了萬全的準備，那終歸都是建在雲上的城堡，當你面對真正的、永遠的失去，一下子就會被實感衝垮打碎。幻想與現實終究是不相干的，就算再怎麼覺得自己已然準備充足，真正面臨的當下還是會手

足無措。而有些事情甚至只需要想像，就能讓自己的心破了一個大洞。

我舒展身體，試著讓喧囂奔騰的思緒都平靜下來，這時，Alpha 踢了踢腿，也同時伸直了牠自己，貼著我的小腿，跟我一起躺成兩條緊緊相依的平行線。牠的溫熱隔著棉被傳了過來，腳掌還時不時地使力推著我，軟軟的、溫暖的小腳，奇異地踢走了壓在我心裡的難言。

我想起前幾天在網路上看到的影片。那個 youtuber 說，如果狗在睡覺的時候四腳朝天、仰著露出肚皮，或是側睡、貼著人睡，都代表牠在這個家中獲得了滿滿的安全感，因為信任不會遇到任何危險，才能用這種預備熟睡的姿勢休息。當時我立刻想起了牠，因為牠總是那樣睡，原來就連睡覺的姿勢，牠都在說，牠很喜歡、很信任我們。

聽說在狗的心裡，會把與之同住的人類分成上下階級，並且以此決定必須聽誰的話，欺負誰又無所謂。也許我在牠的心裡，根本就不是主人，而是牠的手下也不一定──我叫牠也叫不來，跟牠說話牠也不怎麼聽，睡覺的時候還會佔領我的棉被，還會像現在一樣，用腳踢我。可是，對我來說，那其實都無所謂。

我還是沒有辦法想像，如果有一天，打開門之後，再也看不見一團毛絨絨在家裡喀喀的跑來跑去，我會有怎樣的心情。

但是，至少我知道，我不能再放任每一分每一秒任意流逝，不能再將牠視為生活中的必然，而要在還能碰觸到的時候，多多地注視牠、撫摸牠、親吻牠、蹭牠，一起出門散步，在草地上像孩子那樣奔跑，一起抵達每一個能夠相伴同行的處所，挨在一起互相撫慰。

在未來，一定還會有數不清的事情等著我們吧。狗大概還是會時不時地瘋狂地吠叫，偶爾撒嬌，並且繼續佔領一切牠看上的東西。也許，牠又會再一次地受傷，迎來無法預測的病痛，讓我們忙得焦頭爛額，並靜悄悄地老去。然而，我希望在牠還活著的每一天，都能感受到與今夜一樣的信任與安全，希望牠能在快樂與愛之中老去。而我也希望，當我回憶起關於牠的一切，都是好的、快活的、充滿溫暖的。

我也把小腿伸過去，跟牠緊貼在一起。希望這樣一來，就能把我心裡很爛俗、很爛俗的話傳達給牠：

我想告訴你，我非常非常地愛你。

國家圖書館出版品預行編目資料

我想告訴你 / 葉櫻 著. —初版.—
　臺中市：天空數位圖書　2021.07
　　面：14.8*21 公分
　　ISBN：978-986-5575-47-2（平裝）

863.57　　　　　　　　　110012229

書　　　　名：我想告訴你
發　行　人：蔡秀美
出　版　者：天空數位圖書有限公司
作　　　者：葉櫻
編　　　審：非常漫活有限公司
製 作 公 司：真文小商有限公司
美 工 設 計：設計組
版 面 編 輯：採編組
出 版 日 期：2021 年 07 月（初版）
銀 行 名 稱：合作金庫銀行南台中分行
銀 行 帳 戶：天空數位圖書有限公司
銀 行 帳 號：006-1070717811498
郵 政 帳 戶：天空數位圖書有限公司
劃 撥 帳 號：22670142
定　　　價：新台幣 240 元整

電子書發明專利第　I　306564　號
※　如有缺頁、破損等請寄回更換

紙本書編輯印刷：
電子書編輯製作：
天空數位圖書公司 E-mail：familysky@familysky.com.tw　http://www.familysky.com.tw/
地址：40255台中市南區忠明南路787號30F國王大樓　Tel：04-22623893　Fax：04-22623863

Family Sky